정영한 시집

고요가 나를 지나간다

1 쇄 발 행　2026년 01월 25일

지　은　이　정영한
펴　낸　이　박숙현
주　　　간　김종경
편　　　집　이노나
펴　낸　곳　도서출판 별꽃
출 판 등 록　2022년 12월 13일/제 562-2022-22130호
주　　　소　경기도 용인시 처인구 지삼로 590 CMC빌딩 307호
전　　　화　031-336-8585
팩　　　스　031-336-3132
E - m a i l　booksry@naver.com

ⓒ정영한, 2026

ISBN / 979-11-94112-15-0 (03810)

정영한 시집

고요가 나를 지나간다

별꽃

시인의 말

숨이 문장이 되는 순간

"나는 오래도록 '말을 버리는 일'을 배웠다."

내가 시를 쓰는 과정은 무언가를 더하고 꾸미는 일이 아니었습니다.

오히려 내 안에서 쉴 새 없이 떠드는 욕망의 언어들, 남에게 보이기 위한 가식의 수사들을 하나씩 지워내는 '소거消去의 과정'이었습니다.

덜어내고 비워낸 자리에 비로소 진실한 것이 고일 수 있음을 깨닫는 시간이었습니다.

"고요는 침묵이 아니라, 문장이 완전히 들리지 않는 그 틈이었다."

세상은 침묵을 '소리의 부재'라고 말하지만, 나에게 침묵은 가장 치열한 소통의 공간입니다. 말로 규정되는 순간 의미는 박제되고 왜곡됩니다. 오히려 말이 멈춘 그 '틈', 문장과 문장 사이의 공백에서 비로소 당신의 숨소리가 들리고, 나무의 나이테가 갈라지는 소리가 들렸습니다. 그 틈새야말로 세상의 진실이 숨 쉬는 숨구멍이었습니다.

　"사람의 숨, 나무의 결, 바람의 흔들림 속에 나는 언어보다 깊은
언어를 들었다."

　사전에 등재된 단어로는 도저히 포착할 수 없는 감정들이 있습
니다. 이끼가 바위를 덮을 때의 그 묵묵함, 늙은 아버지가 등유 램
프 심지를 내릴 때의 그 떨림, 엇갈리는 계절 속에 피는 꽃들의 기
다림. 이것들은 인간의 언어보다 훨씬 더 깊고 원초적인 '우주의 언
어'였습니다. 나는 그저 받아쓰는 자가 되어 그들의 이야기를 기록
하려 했습니다.

　"이 시집은 그 들림의 기록이다…. 결국, 나로 돌아온 호흡들."

　상처를 헤집어 전시하려는 것이 아닙니다. 상처 위에도 이끼가
덮이고 꽃이 피듯, 고통이 어떻게 삶의 무늬가 되는지를 보여주고
싶었습니다. 관계 속에서 닳고 닳아 둥글어진 조약돌 같은 단어들
을 모았습니다. 이 시집을 펼치는 당신에게도, 나의 이 고요한 웅변
이 닿아 잠시나마 숨을 고르는 '한 줄의 고요'가 되기를 바랍니다.

지금, 소란한 세상 속에서 잠시 멈추어 나와 당신의 숨이 문장이 되는 이 순간을 축복합니다.

나는 오늘도,
숨을 고르고, 한 줄의 고요를 씁니다.

2025년 12월의 끝자락에서,
정영한 씀

목차

시인의 말　　6

1부
그리움은 이끼처럼 자란다

동백冬柏과 수국水菊　　16

구기터널　　18

너와의 거리　　20

아버지의 포도와 포도 그림　　24

상견례　　28

술잔　　31

야구장에서　　35

저녁의 이유理由　　37

그리움은 이끼처럼 자란다　　39

사랑의 변주곡　　42

머문 것들에 대하여　　44

설렘　　46

모나리자에의 구애求愛　　49

나뉠 수 없는 두 그림자의 서書　　51

2부
뿌리는 답보다 먼저 있었으므로

비자榧子나무　56

그곳, 곶자왈에는　58

백록담白鹿潭과 산방산山房山　62

큰바람, 무우꽃 그리고 그리움　64

툇마루 아래, 고양이들　66

가파도　68

고래　70

민들레_바람이 머물던 자리　72

자라[鱉]　74

사라지는 것들에 대한 애도哀悼와
남아 있는 것들에 대한 경의敬意　76

바다거북과 비닐봉지　79

못생긴 나무가 산山을 지킨다　84

빈 컵　86

저녁의 빗살무늬　88

비의 무늬는 검은 종소리　90

붉은 열매　92

3부
침묵 속에서 말을 빚다

아흔아홉 번째 시　96

얼굴(PERSONA)　98

중얼거림　100

우리는 타인의 욕망을 욕망한다　102

자기로부터의 혁명　104

나는 다시, 숨을 쉰다_권태　106

여름_태양 아래 존재하는 형이상학　109

여름, 그 눅눅함에 대하여　111

자아自我　113

자정子正의 식물　115

무당이라는 이름으로　117

우주宇宙, 고독　119

기억은 별로 쓰여 있다　121

화성火星에서 시를 쓰다　123

시詩를 위하여　125

이끼는 기억이다　127

투명인간　130

4부
지나간 길에 이름을 남기다

선線 136

회계감사[AUDIT] 138

흙과 물로 세상 만들기 140

기찻길 143

발걸음 세기_카운팅 146

먼 길 앞에서 148

소리 없이 스며드는 고요한 하루 150

브리즈번, 새로운 날의 노래 153

다섯 개의 다리 156

바늘과 테이프 158

시드니, 바람의 뒤편에서 160

사랑_그 자리에 머문 것 163

시드니에서 아침을 165

시계_새삶스러움 169

소리와 시간과 무관심과 그리고 비[雨] 171

5부
상처 위에 피다

상처　174

국밥 한 그릇　176

난장이가 쏘아 올린 작은 공　178

담배　180

북어　182

다락방　184

부조리不條理　186

포기抛棄　188

목마름　190

디지털 신천지　193

수릿날[端午]　195

희망　198

창 없는 방　199

햇볕은 뜨거운데 그늘은 춥다　201

어처구니의 초상肖像　203

탐욕과 위선_돼지　207

해설 살구꽃과 구기터널 | 최지안(시인·수필가)　209

제1부

그리움은 이끼처럼 자란다

동백冬柏과 수국水菊

앞뜰, 아직 피지 않은 수국 옆
몇 안 남은 지친 동백 꽃

태양이 내리붓는 날
빨간 동백은 자취도 없고
파란 수국은 빼곡 피어날 터

나는, 겨울의 끝자락에서
그대는, 여름의 첫머리에서
하얀 눈에 젖은 붉은 마음과
큰 비에 젖은 푸른 마음으로
서로의 계절을 기다린다

한 번만, 우리
한 계절에 필 수 있다면
나는 눈을 견디지 않고
당신은 비를 미루면서
그 사이 어딘가에서
뜨거운 입맞춤할까

비껴간 계절의 엇갈림 속에

나는 그대의 봄을 꿈꾸고,

그대는 나의 가을을 그린다

심장이 터지고 팔다리가 잘리워도

그 그리움이 염원念願되어 하나 될 수 있다면

성긴 돌담 사이로는

노오란 귤밭이 보인다

구기터널

그 해, 구기동에는 살구꽃이 피었다

불광동에서 버스를 타고
시내 쪽으로 서너 정거장을 나와
세검정 종점으로 가는 버스로
한참을 들어간 그 곳에

그 해, 살구꽃이 피었다

어느 날
터널이 뚫려
은평구와 종로구가 이웃이 된 그 해
불광동과 구기동이 연인이 된 그 해

어둠과 먼지와 울림에도
터널 가장자리 넓지 않은 죽담 쪽길에서
축축이 젖은 손을 쥐고

하얀 꽃잎에 노란 꽃대롱

꽃을 보려고

처음으로
그들은 함께했다

터널이 뚫리던 그 해
은평구는 종로구와 이웃이 되었고
불광동과 구기동은 연인이 되었고

그리고 그는,
햇살같이 어여쁜 그녀와
함께가 되었다

너와의 거리

구름 없는 하늘이 바다를 덮고
섬 없는 바다가 하늘을 담아
울트라블루가 코발트가 되고
코발트블루가 인디고가 되어
파랑과 파랑이 또 다른 파랑의 경계면을 이루면

자연은 가끔
화합된 숨결을 나누어 주기도 한다
어쩌다 한 번쯤은
그런 조우를 경험하기도 한다

그러나, 관계는 늘 미묘한 시차를 안는다
내가 감정을 꺼내는 순간과
네가 그것을 받아들이는 순간 사이에는
언제나, 근소하지만 결정적인
시간의 간격과 균열이 존재한다
그리고 그 불일치야말로
우리를 흔들고, 종종 멀어지게도 한다

사람 사이의 거리는
물리적 척도로 환원되지 않는다
내가 너를 향해 걸어가는 시간과
네가 나를 향해 머물렀다 가는 순간은
비슷한 듯, 그러나 본질적으로 어긋나 있다

동일한 경로를 교차하며 오가더라도
그 길의 감각은
서로 다른 마음의 온도 때문에
전연 다른 풍경이 된다

애착이 반드시 친밀함으로 귀결되진 않는다
지나친 근접은 도리어 타자의 본질을 가리고
진심이라는 이름으로 들러붙는 마음이라도
마치 꽃잎을 짓이겨 얻은 농밀한 향기처럼
본래의 아름다움을 침해하기도 한다
손에 쥐지 않고 바라보아야 온전히 이해되기도 한다

진정으로 소중한 존재는

멀리 있을 때 더 분명하게 보이며

가까이 있을 때 오히려

거리를 두고 음미되어야 한다

그 절제된 시선이야말로

사랑의 또 다른 이름이다

우리가 다다를 수 있는 최선의 거리는

붙들지 않되 잊히지 않는 거리

침묵 속에서 감응할 수 있는 거리

존재를 침해하지 않으면서도

끝내 도달하는 그런 거리일 것이다

하늘은 하늘인 채로

바다는 바다인 채로

삶이 각기 다른 시간에서 시작되고

다른 결말을 향해 흘러가도

당신에게 이르는 나의 경로는

언제나 유일하며, 단 한 번뿐이었다

우회로도, 되돌림도 없었다

아버지의 포도와 포도 그림

아버지의 포도는, 늘 오징어 먹물을 입은 듯
깊은 검정에 뭉떵 밴 달콤함이
다정하고 맛스러웠다

폭우가 쏟아지던 밤
급하게 서랍 여는 소리와 싸한 등유 냄새
흔들리는 등불의 심지가
뼈 없는 그림자처럼 너울대던 밤
겉옷을 입지 않은 포도나무들이 위태로웠다

아버지 손에 이끌리어 함께 뛰어간 둑길
아버지의 어깨는 찢어진 우산보다 먼저 젖고
한아름의 걱정을 안고서 우린, 함께 뛰었다

슬리퍼에 묻은 진흙과
발등을 찌르는 돌가루와
개구리 울음이 밤을 쪼개는데

떨어지는 빗방울에 포도알들이 하나씩 터져 나간다

터진 비닐 벽에 기대 선 우리들의 손끝이 떨리면서
나는, 눈물이 났다

걸어둔 등유 등불 아래서 포도는 빗물에 터져 있고
그 붉은 살점을 아버지는 다독이듯 쓸어 담는다
죽은 아이의 시신을 수습하듯
정성스럽게

파란 천막 아래
우리는 천막보다 먼저 축 늘어졌지만
아버지는 그 안쪽 어둠에 등을 걸어둔 채
삶의 그림자들을 하나하나 긁어모아
다시 단단한 모습을 빚어낸다
송이송이 검붉은 자줏빛 포도를

황토빛 물감에 섞어 캔버스 위로
다시 살아나는 포도송이들

이렇게 비 오는 밤엔 희미한 등유 등불아래서

이마에 젖은 수건을 얹어 주던 아버지의 투박하던
손이 떠오른다

심지를 내리고 조용한 동작으로
불을 끄며 돌아서던 뒷모습과
그 마음을 알기에
자는 척 속으로 흐느꼈던 우리

포도 그림과 기름때 묻은 천막과
검은 심지의 등유와 그것들이 속하던 어느 여름밤의
우리를 품어 주던 서로의 애정의 시간들

말없이, 그러나
세상의 모든 말보다 깊게

그 등불은
길 잃은 영혼들의 북극성北極星이 되어
우리의 삶을 놓치지 않게 이끌어 주었다
아무리 어두워도 방향을 잃지 않게

돌 하나를 걷어차면 여름 조각이 발끝에서 부서지고
검은 비가 기억의 밑바닥에서부터
또 한 번 반짝인다, 등유 불빛처럼

늘 그렇듯이 아버지 그림의 포도송이들은
오징어 먹물을 덧입은 듯 검고 깊으면서
다정하고 달콤한 향기가 난다

상견례

오월의 햇살이 창으로 들어앉고
까치와 까막 가족이
정갈히 대응되게 마주 앉았다

햇빛보다 더 따뜻한 시선들이
조심스레 오간다

까치의 아버지가 웃는다
그러나 그 미소 너머엔
묵은 질문 하나가 놓여 있다
자식을 놓아 보내는 건
언제나 가장 늦게 오는 용기니까

까치의 어머니도 다정한 눈빛으로
어린 까막을 바라본다
수없이 아이의 체온을 재던 부리가
오늘은 새로운 이름을 맞이한다
말하지 않아도 마음으로 전해진다

까막의 어머니는 햇살 속에서
가장 조용히 웃는다
눈가엔 오래된 슬픔이
작은 빛 무늬처럼 스며 있고
다시 혼자가 된 시간들 속
자식은 유일한 봄처럼 피어나 주었다

까막의 아버지는 말이 없다
아이의 어린 시절을 가만히 떠올릴 뿐,
손잡고 걷던 유치원 길
발레 슈즈를 들고 달려오던 저녁들

이제 그 손이
또 다른 인생을 향해 뻗어 있는 것을
묵묵히 바라볼 뿐이다

까치 자식은 한 번 더 반듯이 앉고
까막 새끼는 숨을 고르며 미소 짓는다
감사합니다

여기까지 오게 해주셔서요

이 햇살 아래 약속드려요

두 분의 까치

당신의 까막

소중히 지켜 가겠노라고

접시 하나에 말 한 마디

모두가 인사처럼 조심스러운 시간

그 속에서 부모는 조금씩 놓아주고

자식들은 조금씩 안아간다

정오의 따사로움 속에서

한 가족은 또 다른 가족을 품는다

낯설지만 다정한 미래가

식탁 위에 조용히 내려앉는다

술잔

한밤중 식탁 위
고의든 우연이든 술잔들이 모였다
서로 다른 삶이 네 개의 잔 속에 담겨 있을 터
네 줄의 빛, 네 장의 냄새, 네 가지의 말을 하며

투명한 유리 안에 달빛이 담긴다
손끝에 닿는 냉기
가난하지만 정직한 느낌이다
꿀꺽, 목을 타고 내려갈 땐
쓴맛이 아니라
어릴 적 삼킨 눈물 맛이 난다

청소한 주방, 싸늘한 창문 너머
나직한 텔레비전 소리처럼
소주잔은 항상 뒷 배경이다

두꺼운 유리, 밤[栗]처럼 짙은 앰버amber 색의
코끝을 찌르는 스모크 향이
시간의 무게를 들이쉰다

빙글빙글 얼음이 돌아가는 소리
중얼거림이다

손에 잡히는 무게감은
누군가의 비밀과 같아 절대 가볍지 않다

가느다란 목을 가진 유리 백조
붉게 피어난 체리 빛 향기가
공기 속에 휘돌아 물결친다
잔을 돌리는 손끝에서
소리가 난다
유리와 바람의 입맞춤

마시는 것이 아니라 들이마시는 향기
그 부드러운 감촉은 벨벳 커튼 같고
혀 위에서 피어나는 맛은
가을 저녁, 잘 익은 무화과처럼 조용히 번진다
입술이 닿는 그 곡선은
사랑받는다는 감각을 기억하게 한다

서늘한 거품, 노란 금빛의 맥박
탁! 잔을 부딪칠 때
저마다의 세상이 울린다
코끝엔 기름진 안주 냄새
귓가엔 친구들의 웃음소리

목젖을 타고 흐르는 탄소는 번개처럼 짜릿하고
손에 닿는 유리는 뜨거운 손바닥과 싸운 듯 끈적하다.
푸르게 뛰는 심장인 양
이 잔은 살아 있다.

잔들은 마치 사람처럼
서로 다른 감각으로 세상을 마신다

누군가는 조용히 침잠하고
누군가는 무게를 견디고
누군가는 풍요를 흘리며
누군가는 열기에 뛰어든다

같은 자리, 다른 맛

다른 자리, 같은 맛

우리도 그런 사람이다

각자의 감각으로

각자의 술잔으로

서로를 이해하려

끊임없이 마시고 비워낸다

술잔들은 서로 다른 삶을 주장하지만

종국에는 우린 모두 취한다

취해 버린다

야구장에서

검게 그을린 아버지의 손에서
작은 손으로 옮겨 쥔 입장권 한 장으로
나는 세상에서 가장 든든한 아이가 된다

플라스틱 의자 위에 두 발을 모으고 앉아
햇빛을 가리던 모자 챙 아래로
처음 들은 응원가와 함성들과
처음 본 잔디의 그 찬란한 초록

나의 이런저런 흥분에
아버지는 웃으며
대꾸 대신 콜라를 건넨다

그날의 공기와 그날의 손에 쥔 콜라 캔의 감각은
여전히 끝나지 않은 경기처럼 남아 있다

햇살은 외야를 천천히 비껴가고
그늘 속 포수 마스크에 땀이 식으면
외야 밖으로 멀어지는 발소리들과

소리 없이 접히는 깃발

누군가는 승리를 품고
누군가는 또 내일을 기약한다

의자 틈에 끼인 해바라기 껍질처럼
잦아든 함성과 함께 구석에 앉아 있으면
청소차가 천천히 원을 그리며 돈다
흙먼지를 털며 지나간 시간을 쓸어간다
그 쓸리는 시간 속으로
아버지가 건넨 콜라 캔도 함께 사라진다

깜빡이는 조명 속에서
아버지의 9회 말은 어느새 나의 9회 말이 되었다
인생은, 9회 말 투아웃부터라는데…

저녁의 이유理由

저녁이 오면, 나는 잠시 멈춘다
무언가를 기다리는 사람처럼

누가 오기로 했던 것도 아니고
무엇을 잃은 것도 아닌데

바람이 조금 늦게 불고
빛이 조금 길게 남으면
떠오르는 얼굴들이 있다

한 번도 고맙다 말하지 못한 사람
말없이 등을 돌린 사람
끝내 오지 않은 사람

기억은 희미해져도
그들이 남긴 말과 기억은
여전히 목젖을 울린다

사람은 누구나

누군가의 저녁이겠다

조용히 불을 켜고

돌아오기를 기다리는 창문이 있고

이미 떠난 걸 알면서도

한참 동안 문을 열어두는 마음이겠다

오늘도, 나는

세상이 얼마나 거칠든

누군가의 저녁이 되고 싶어

잠시라도 그늘이 되고 싶어

조용히 불빛 하나를 켜둔다

그것이 우리가 여전히

서로를 부르는 까닭

저녁을 기다리는 이유이겠다

그리움은 이끼처럼 자란다

늙은 나무의 거친 껍질 무늬에는
초콜릿 추억들이 점점이 박혀
부름켜 없는 나이테 속에서도
이끼는, 무거운 숨을 쉰다

불 꺼진 부엌 아궁이에서 발견한
작은 숯덩이 하나를 손에 쥐었을 때
신대륙을 발견할 때의 감격과 환희

그 따뜻한 열기로 느꼈던, 추억들이 살아나
진주 같은 눈물방울이 숯 위로 떨어지고
손바닥 위 숯처럼 끈적한 그리움만이
이끼처럼 무겁게 남는다

창문에 걸어 둔 하얀 광목 커튼이
저녁 바람에 조용히 흔들리면
보이지는 않지만 느낄 수는 있다

기억은 성에 낀 유리창에 남은

손바닥 자국처럼

희미해져도 지워지지는 않는

안타까운 그리움으로

찻잔 하나, 금 간 자국을 따라

찢어진 천 조각을 붙이듯 조심스레

흔적 속의 흔적을 꿰맨다

한여름에 눈이 내리면

말 없는 위로가 세상을 덮고

돌처럼 무겁던 그 마음에도

새털 같은 이끼들 하나씩 내려앉겠지

젖은 돌 하나, 그 위에 모인

눈물 자국을 닮은 이끼들

지우지 못할 생명으로 조용히 번져

그리움은 사라지지 않는다

그리움은 이끼처럼 자란다

그리고 우리는 그 안에서

다시 살아가기로 해야 한다

사랑의 변주곡

못 아래 핀 연꽃 한 송이
달빛에 먼저 눈뜨고
바람보다 앞서 흔들린다

지나던 잠자리 하나
투명한 날개로 꽃잎을 쓰다듬다
향기에 취해 그림자인 양 하냥 머문다

꽃은 뿌리로부터 향기를 끌어올리고
잠자리는 그 향을 돌고 돈다
한철 생을 다 걸고

향기는 날지 못하고, 날개는 피지 않으니
과연, 누가 더 멀리 가고 누가 더 오래 남는가

물은 연꽃을 적시되, 그 속을 다 담지 못하고
잠자리는 꽃을 맴돌되, 그 마음을 다 알지 못한다

해가 지고, 바람이 거칠어질 무렵이 되면

꽃은 끝내 그 자리를 지키지만
잠자리는 어둠속으로 사라진다

다음 해에도 연못엔 꽃이 피고
다른 잠자리가 그 곁을 지날 테지만
사랑은 머문 자에게는 뿌리를 내리고
떠나간 자에겐 바람이 된다

약해 보이는 것이 가장 깊은 곳을 붙잡고
강해 보이는 것은 결국 사라진다

연못은, 끝까지 머무는 마음의
뿌리일 게다

머문 것들에 대하여

선인장이 절벽 끝에 외로이 서 있다
나비는 한 철의 날갯짓으로 가시 위에 앉는다
꽃도 피우지 않은 가시에서
나비는 무얼 보았을까

등대는 한 치도 물러섬이 없고
배는 수평선을 따라 떠돌다
빛을 잠시 의지하지만 끝내 닿지 못한다
바람이 불고 파도가 높아져도
등대는 여전히 그 자리에 불을 올린다

굴은 아무 말 없이 굳게 닫은 채 세월을 품는다
칼날로 속을 가르면 빛나는 진주가 있다
진주는 시간의 결정, 머문 빛은 오래도록 머문다

석회암은 흘러내린 물방울 하나하나에
몸을 맡긴다. 한 방울은 하찮지만
천 년이면 종유석 하나. 석순 하나

스쳐 간 것은 기억되지 않지만

쌓인 것들은 형체가 된다

밤하늘은 말을 하지 않는다

별똥별은 찰나에 스러지며 사람들이 소원을 빈다

곧 소원은 어둠에 쌓이고 하늘은 그 별을 끝내 품는다

약해 보이는 것들은 움켜잡고 있고

강해 보이는 것들은 호들갑스럽다

결국, 머문 것들이 모든 풍경이 되었고

머문 것들이 모든 풍경을 만든다

설렘

세상 만물이 잠시 숨을 고르는 저녁
설레임의 순간은 이렇듯 아주 조용하고 미세한 변화로 온다

사각거리는 공기 속, 햇살은 바람의 뒷모습에 달라붙고
가지 끝에서 다섯 번째 잎이 말없이 뒤집히는 순간
어디선가 첫걸음의 그림자가 나타난다

설레임은 종종 누군가의 다가옴에서 시작되지만
그것은 직접적인 모습이 아닌
그림자로만 나타날 정도로 은근하지만
그 순간만큼은 폭풍우의 예감이 느껴진다

연못가의 수련은 아직 피지 않았지만
그 옆의 수초는 누군가의 이름처럼 반짝이고
두어 마디 잊힌 말들이
풀잎 위에 눌러쓴 초여름의 문장처럼 흔들린다
설레임은 이렇듯 기억과 기대 사이의 떨림으로 온다

심장 없는, 종이비행기도 언제나 날기를 망설이듯

두려움과 망설임이 심장의 소리라면
구름은 날씨보다 마음을 먼저 읽고
빛은 대답 않고도 늘 다가와 앉는다

소리는 닿지 않아 더 깊어지는 곳에서
하늘을 잠깐 쳐다보게 하는 작은 떨림은
이 역시, 설레임이 주는 순간적 경외감이나 경이로움일 게다

아무 일도 없었나 싶은데 모든 것이 조금씩 달라졌다면
설레임은 눈에 띄는 변화 없이 지나갈 수도 있겠지만
그 이후로 세상이 조금씩 달라져 보이게도 한다

세상 만물이 잠시 숨을 고르는 저녁
조용하고 미세한 변화로 오는 설레임의 순간

사각거리는 공기 속, 햇살은 바람의 뒷모습에 달라붙고
가지 끝에서 다섯 번째 잎이 말없이 뒤집히는
어디선가 첫걸음의 그림자가 나타난다

연못가의 수련은 아직 피지 않았지만

그 옆의 수초는 누군가의 이름처럼 반짝이고

두어 마디 잊힌 말들이

풀잎 위에 눌러쓴 초여름의 문장처럼 흔들린다

이렇게 기억과 기대 사이 떨림으로 오는 설레임의 순간

두려움과 망설임이 심장의 소리라면

구름은 날씨보다 마음을 먼저 읽고

빛은 대답 않고도 늘 다가와 앉는다

소리가 닿지 않아 더 깊어지는 곳에

잠깐의 떨림

아무 일도 없었지만 모든 것이 조금씩 달라졌다면

그 모든 것이 설레임의 순간

모나리자에의 구애求愛

다시 말을 걸 수 없는
창밖 먼빛처럼 멀어진 당신에게

당신은 언제나 조용했습니다
다정한 얼굴로도 침묵을 닮은 이별을 품고 있었지요
나는 자꾸만, 당신의 뒷모습에만 익숙해졌습니다

봄비처럼 사라지는 말들 속에서 나는 당신 쪽으로 흘렀습니다
자갈길을 지나 벼락처럼 번지는 저녁노을을 건너도
등불 아래 당신의 눈썹 곡선을 따라
생각은 늘 젖어 들었지요

언젠가는 당신의 창이 내게 열려 있었다고 믿었습니다
햇살 한 줄기 스며드는 틈에
마음을 걸었던 기억도 있습니다

하지만 이제 압니다
당신은 늘 다른 계절에 머물러 있었음을
나는 매번 봄이었고, 당신은 언제나 가을이었음을

두 손을 모아 기도해도 당신은 더 이상 내 쪽으로 흐르지 않겠
지요

이제 나는 당신이라는 이름을 깊은 물속에 감추고 조용히
당신 곁을 지나가는 무명의 강물일 뿐입니다

말하지 못한 말들은 강바닥에 가라앉아 무겁고
이 몇 줄의 흔적만이라도 당신의 시간을 스쳐가길 바랍니다

나뉠 수 없는 두 그림자의 서書

태초에 그들은 하나였다
하늘은 하나의 숨결로 첫 색을 칠했다
먼 별의 언어를 들을 줄 알았던 자는
어느 돌의 고요한 무늬 속에서
한 영혼의 조각을 발견했다고 전해진다

그 조각은 말이 없었다
그러나 기억했다
눈동자보다 깊은 음영으로 말해지는 것을

빛을 두 번 쪼개면 어둠이 되듯
한 생에 두 혼이 깃들면
끝내 둘 중 하나는 입을 닫고
다른 하나의 맥박으로 숨 쉰다고 한다

그녀는
고요한 새벽을 지우는 빛이었고
말없는 꽃잎처럼 그 위에 앉았다
세상의 모든 잎이 지고 난 후에도

그 손끝에선 늦여름이 피어난다고 들렸다

그는
어느 계절에도 미끄러지지 않는 그림자였고
하늘이 깃든 물의 표정으로 그녀를 감쌌다
목소리보다 오래 남는 울림이
그의 가슴에 뿌리내리고 있다고도 했다

서로는 서로를 닮았으며 하나의 눈을 지녔다
그 눈은 세상의 처음을 바라본 그 순간
잊히지 않는 자국처럼, 서로 안에서만 울릴 수 있었다

사랑이라 불린 것은
말보다 오래된 것들의 속삭임이며
떼려야 뗄 수 없는 온도의 교차점에서
피어나기를 택한 '한 몸의 다른 방향'이다

그리고 누군가는
그 둘이 걷는 자리에 길이 생긴다고 말했다

또 누군가는
그 침묵이 오래 지나고 나면 시가 된다고 믿었다

태초에 별들은 서로를 모른 채 떠 있었다
그러나 한 별의 시선이 다른 별의 무게에 스쳤을 때
밤은 처음으로 숨을 쉬었다고 한다

그녀는
아픈 침묵을 등에 지고 걸었고
등 뒤로 흘러가는 어둠을 사랑했다
검은 시간을 매만지며 빛보다 오래
기다림을 품는 이였다고 전해진다

그는
말의 강을 건너지 못한 채
눈으로만 사랑을 지었던 자였으며
달의 왼쪽에서
그녀를 바라보던 물의 오른쪽이었다

서로는 늘 닿지 않았으나

그 사잇길엔

이름을 가진 바람이 자랐고

그 바람은 둘을 기억하는 유일한 증표였다

사람들은

그 둘이 한 호흡으로 남았음을 몰랐다

서로를 향해 뻗은 침묵이

그 어떤 시보다 길다는 사실도

하지만 시간 너머에서 들려오는

그녀의 발소리와 그의 눈빛은

늘 같은 음으로 떨리고 있었다

이것은 만나지 않아도 끝나지 않는 사랑

결코 같은 강에 발을 담그지 못했으나

늘 같은 강물로 흘렀던

두 존재의 연대기였다

제2부

뿌리는 답보다 먼저 있었으므로

비자榧子나무

비자 숲에 들어서면

누군가는 그를 나무라 부르고

누군가는 그를 미로迷路라고 부른다

불이 먼저 솟구쳐 타올랐고

물은, 불을 둘러싼 한낱 외로움일 때

그도, 한 점 푸레로 태어났다

섬과 바람 모두 말을 모르던 날에

파란 빛의 기호記號로…

다만, 기억한다

처음 섬에 생겼을 때의 따스함

검디검은 돌들은 식지도 않았고

다른 풀들 또한 원형의 형태로 남아 있었다

화산재보다 느린 호흡과 달팽이보다 느린 걸음으로

잎맥이 생선의 뼈같이 자라도록

장구한 세월을 더듬거리며 살아왔다

비자 숲에 들어서면
가지 끝의 작은 바늘들이 느리게 숨을 쉬며
오늘의 빛을 해석 중이다
오늘의 나를 해석 중이다

비자의 안에는
시간이 소라 모양으로 돌고
잎맥 속을 기어온 수많은 상념들이
이끼 끓는 소리로
최초의 형상形象이 된다

바람은 번역되지 않은 언어로 까닭을 묻지만

나는,
답하지 못한다
답할 수 없다

그저 나를 읽어내는 나무
내 뿌리는 그 답보다 먼저 있었으므로

그곳, 곶자왈에는

상록常綠의 잎이 넘실대는 숲의 바다

울창한 나무들과 함께 사는 생명들

곶은, 나무의 숲

자왈은, 얽힌 덩굴의 숨결

중심도 질서도 없이 뒤얽히고 서로 감싸는 생명의 미궁迷宮

그곳, 곶자왈에는 돌은 낭 의지, 낭은 돌 의지

뿌리는 길을 묻지 않는다

흙이 없어도 돌을 껴안고 산다

검은 용암 위 이끼가 뚫은 작은 틈에라도

삶을 찔러 넣고 울퉁불퉁 뿌리를 내뻗는다

그곳, 곶자왈에는

종가시나무 짙은 그림자 아래

단풍은 붉은 속내를 살짝 감추고

뽕나무는 조용히 자신의 계절을 기다리며

소나무는 외곽에서 그 바람을 막는다

버섯의 등은 눅눅한 시간을 등에 업었고
고사리는 잊힌 시절들을 휘감으며 자란다

유일한 채색 꽃 백서향白瑞香은
이끼와 균류 사이, 짙은 어둠 속에서도 꿋꿋이
고고하고 강한 향으로 끝내 자신의 존재를 밝힌다

그곳, 곶자왈에는
전설 같은 씨앗의 기억
벚나무의 시조가 지나간 자리에
감귤나무의 먼 조상이 발 디뎠고
녹나무는 바스러지는 세월 위에서
조용히 내일의 왕좌王座를 준비한다

곶자왈은 묻지 않는다
누가 먼저였는지 누가 이기고 있는지

대신,
끈질기게 손을 잡고 얽히고 얽혀, 설키고 설켜

서로를 의지하며, 견디며 살아간다

그곳, 곶자왈에서 우리는
삶의 심연深淵을 배운다
그 모든 공존과 투쟁 속에서 오래 살아남는 것은
말없는 생명이었음을

그곳, 곶자왈은
더위에는 시원히, 추위에는 따뜻이
오늘도 여전히 사람들의 쉼터가 되고
발걸음엔 설렘을 얹어 주지만

그 안엔
치열하고 장엄하기까지 한 삶이 있고, 생명이 있다

그곳 곶자왈에는.

* 곶자왈은 화산이 폭발한 지역이 오랜 세월을 거쳐 산림화된 지역을 말합니다. 용암은 형태에 따라 파호이호이形과 아아形의 두 종류가 있는데 제주의 중산간은 아아형입니다. 곶자왈의 나무들은 물의 확보를 위해 이끼가 뚫어 놓은 바위 틈새를 파고들기도 하고, 판근이라 불리는 수평의 뿌리를 내뻗기도 합니다. 어떤 나무는 넘어지지 않으려고, 뿌리로 강하게 돌을 움켜쥐기도 합니다(돌은 낭 의지, 낭은 돌 의지). 현재는 종가시나무류의 참나무가 60%를 넘는 우세종이지만, 식물학자들은 향후에 이곳에 녹나무류가 주류종이 될 것으로 봅니다. 참나무와 녹나무가 대세인 속에, 단풍나무 한 그루와 뽕나무 한 그루의 존재는 또 다른 감흥을 불러일으킵니다. 둘레에 병풍처럼 서 있는 소나무도 잊히지 않은 존재입니다. 이끼, 버섯 외에 고사리 등 양치식물이 덩쿨들과 얼키설키 있는 가운데 백서향의 고고한 자태가 곱습니다. 일본의 벚나무와는 기원이 다른 우리 벚나무의 원형과 귤나무의 원형도 남아 있습니다. 비자림처럼, 우리들의 언어 이전의 존재들을 우리는 감히, 우리의 빈약한 언어로 해석하려 듭니다. 다만, 그 안에서 내 자신이 조용히 해석되고, 번역되기를 기원해 봅니다.

백록담白鹿潭과 산방산山房山

한라의 정수리에
구름 답답히 내려앉을 때

문득,
무거운 마음 하나 떼내어
멀리 던졌고,

그 마음 조각
길게 날아
바다 앞 남녘 뜰에
산방산이 되었다.

해지는 쪽을 바라보면서
누군가의 하늘이 되어

남은 자리,
움푹 파인 가슴에
하늘 가득 품고
스스로를 비워내

백록담이 되었다.

그 물 위에 조용히
담고 또 담으며
고요한 이름이 되어

큰바람, 무우꽃 그리고 그리움

햇볕이 눈가루처럼 쏟아져 내려
그 번쩍거림에 눈부시다

정방형의 돌담으로 둘러진 텃밭엔
무우꽃잎들 선풍기 네 쪽 날개가 되어
미풍 혹은 강풍으로 바람을 만들어낸다

무우꽃잎 바깥쪽은 퍼플, 바이올렛, 그리고 핑크
안으로 새어 들어오면 어느새 하얗게 하나가 된다

돌 틈새로, 돌담 너머로 불어오는 바람에
꽃잎의 회전으로 생겨난 바람이 더해져
오늘, 나는 안으로 하얗게 흔들린다

사랑도 행복도 늘 뒤켠에 두고
해를 쫓다, 달을 놓치고, 별도 놓치고
그리움마저 입안에서 시들어갔던 시절

놓친 마음들이 유리 파편 되어

오늘은, 별 모양으로 심장을 찌른다

모든 꽃잎이 얼마나 조심스레 피어나는 것인지
햇살 한 줌에도 눈물이 이슬처럼 맺히는 이유를
이제야 알 것 같은데

그 살풋한 이야기
들어줄 사랑스런 이는 사라지고
큰 녹나무 한 그루만이 오직 묵묵하다

오늘은 그저,
바람에 바람이 더해져
무우꽃처럼 흔들린다
그리움이 별꽃이 되어 심장을 찔러.

툇마루 아래, 고양이들

제주 중산간 돌담 집 툇마루 곁 작은 빈터

작은 고양이 한 마리가

더 작은 고양이 넷을 품고 있다

세상의 거친 길을 건너 그 고요한 마루 밑에서

저 같은 생명 넷을 낳았다

하나는 몸의 절반이 까맣고 또 하나는 등 한 귀퉁이에만 검정이

살짝

둘은 어미를 닮아 갈색 등에 조심스레 얹힌 흰 줄무늬

에메랄드 색 눈동자 속에 별꽃처럼 사랑 가득한 어미가

빨간 입을 벌려 아잉 소리 낼 때는

요염한 여인의 교태 같기도 하고

아기의 젖 내음 나는 칭얼거림 같기도 한 고양이 탈을 쓴 여우

붙임성이 좋아 사랑이라 부르기 전에는 곁을 떠나지 않는다

아기 고양이들은 간간이 마당을 가로지르는

까치 그림자에 놀라고

꿩의 푸드득거림에는 화들짝 놀라면서

어미가 가르쳐 주기도 전에
이미 도망가는 법을 익혔다

이른 봄, 어미는
야자나무 그림자 드리운 마루 밑
하루에도 서너 번씩 몸을 덜어
네 아기에게 나눠 준다

볕이 들어 고슬고슬 마른 흙
돌담 사이로 불어오는 산들바람
함께 뒤엉켜 꼼지락 잠들다 깨며
한 고양이의 기억을 나눠 가진 것처럼
붙어 자고, 깨며, 같은 꿈을 꾼다

그네들만의 봄이
마루 밑에서 작고 따뜻하게
피어나고 있다

가파도

봄이 계절을 기다리다
청보리 위로 내려앉았나 보다
청보리의 푸름은 젖 내음 같은 여림이다

햇살이 조용히 어깨를 두드리자
유채꽃은 수줍게 몸을 꼬며 흔들린다
보리와 유채를 가른 돌담은
옛날 할머니 쪽진머리의 가르마 같다

나는 시간도 잊고, 세월도 잃은 채
바다의 웅장한 포부의 푸름을 좇는다
하늘은 또 다른 파란 속삭임으로
내 안의 소망을 품게 한다
하늘의 푸름은 역시 소망이다

파랗게 섬이 되어 버린 나는
대륙 같은 큰 섬을 배경으로
남녘 끝 작은 섬 마라도를 바라본다
마라도는 옅은 담청색의 외로운 빛이다

보고 싶어도 볼 수 없는 그리움은

저토록 퍼렇게 가슴에 멍들여 놓고

기다림은, 애달픈 푸름의 연속이다

이렇게 아름다운 날에는

내 마음의 색까지도 짙푸르다

고래

어린 시절
먼발치 수평선 가까이에
덩치 큰 흰수염고래가
천천히 솟구쳐 오르면

나는 쿵쾅거리는 심장을 부여안고
바다 속으로 무작정 달려갔다

등에는 온갖 해초와 조개류가
굴 달라붙듯 덮였고
고래의 숨결이 분수처럼 흩어지면서
오래된 전설의 노래를 부른다

고래의 등을 타고 나는 꿈을 꾸면
소년의 마음은 바다처럼 커지고
그 커다란 호흡 속에서
어디로 가는지 모르지만
가는 길마다
파란 길이 끝없이 펼쳐졌다

누군가의 꿈처럼

느리게 시간을 밀며 떠나는 모습은

너무도 당당해서

파도도 막지 못했다

고래는 말없이 눈빛으로 말한다

깊이 숨 쉬고

높이 뛰고

천천히 나아가라고

민들레_바람이 머물던 자리

땅바닥에 겨우 내민 얼굴
햇살 한 줌만으로도 핀다

누가 밟아도
누가 모른 척 지나가도
노오란 웃음

말없이 피어나
조용히 져가며
다 안고 가는
새봄의 전령

화창한 날 오후
너의 등 뒤로 위로
하얗게 부풀어 오른 꿈들

바람이 오자
한 치 망설임 없이
미련도

슬픔도 없이

떠난 건 씨앗
머문 건 마음

자라[鱉]

알몸 부끄러운 남근男根

회청 육각 껍데기 속

꼬옥 숨어 버린

작은 거북이

어항 안의 하늘거리는

수초조차 저어

누가 볼세라 화들짝

민숭스런 모가지

길쭉이 한번 내뻗지도 못하네

등딱지 안의 작은 방

그 규칙 없이 폐쇄된 방형方形 속

웅크리고 앉아 눈물 흘리며

소댕 보고 놀란 가슴

밖이 두렵다

오라 풀듯 어항 뚜껑을 젖혀

손모음의 박구기에 떡밥을 넣고

모가지 두 갈래 날개를 입혀

아랫도리 힘찬 발기
가슴을 펴고
힘내 부딪고 깨져 보자

형체를 알 수 없으니
어쩌면 관념에 지나지 않을
그 부자유의 껍데기를 깨뜨려 보자

사라지는 것들에 대한 애도哀悼와
남아 있는 것들에 대한 경의敬意

물비늘 아래로, 낮은 햇살이 스민다

잔가지의 떨림도 없이

먼 호수의

맺힌 숨결이 풀리듯 조용히

다만 조용히 빛이 번진다

흙의 맨살에 닿는 건 작은 온기

서늘한 바람이 머물다 가면

그 자리에 남는 건

이름 없이 부서지는 무늬뿐

바람이 끝이 아니듯, 빛도 끝은 아니다

자연에서 사라지는 것은 아주 조용히

땅 밑으로 스며든 온기

지나간 날들이 남긴 것이라곤

아파트의 비에 젖은 풍광 몇 장과

서로를 잊은 이름들

그리고 어느 오후의 침묵

하루의 끝자락에서
새는 등을 돌리고
갈대는 더 깊이 고개를 숙인다

그렇게 모든 건
멈추지 않으면서, 가만히 멀어진다

그리고 다시,
물은 물을 기억한다
지나간 그림자도, 비틀린 별빛도, 속삭이듯, 잠잠히
어디에도 닿지 않는 곳으로 스며든다

사라진다는 건 스며드는 것
없어지는 게 아니라
다시 흙으로 되는 것이다

지나가보면 우리는
잡을 수 없는 것을 안고
닿지 않는 곳을 바라보기도 했다

그 자리에 있었던 모든 것을

한 번쯤은 아프게

사랑했기 때문일 것이다

바다거북과 비닐봉지

나는 죽은 바다거북입니다
거북목에 바다거북과에 속합니다
주둥이는 짧고, 날개를 노처럼 젓습니다
목은 껍데기 안으로 넣을 수 없고요

바다는 어머니입니다
잔잔한 손길로 알을 품게 하고
조용한 달빛 아래 등도 씻겨 주고
따개비도 따 주었습니다

지난 모든 날들이
지금은 아득한 꿈처럼 흐려집니다

해파리를 닮은 무언가를 삼켰습니다
그것은 부드럽고 가볍고
달콤한 죽음처럼 조용했습니다
냄새도 없고, 숨도 없었지만
내 몸의 장기를 랩처럼 싸 버렸습니다

배 속은 비어가는데
가득 찬 건 투명한 슬픔뿐입니다
무지와 착각이라는 죄를 짓고
천형天刑을 언도 받고 죽었습니다

이름 모르는 플라스틱 조각들
아이의 손에 들린 빨대
공원에 남겨진 컵 뚜껑과
버려진 약속들
그리고 인간들의 횡포에 가까운 무관심
파도처럼 쌓여가는 잊혀진 편리함까지

죽은 나는
해변 모래 위에 누워 있어요
작은 발자국들이 내 주검 곁을 지나갑니다

부디, 거북이의 죽은 까닭을 물어 주세요
파도가 치면 내 등껍질 사이로
어머니의 눈물이 흘러나와요

다시 태어나도 거북이고 싶어요
다만
그땐 제발

해파리와 플라스틱을
구분할 수 있는 세상에서
지혜롭게 살고 싶어요

*

나는 비닐봉지입니다

어느 날, 바람에 실려 여행을 떠났어요
사람의 손을 떠난 그날
나는 자유라고 불리는 저주를 얻었지요

아이의 도시락을 품고
엄마의 장을 도우며 살던 나는
지금은 파도의 혀끝에 맥없이 들리는 유령이 되었어요

바다 속으로 빠지던 그때

모래밭엔 여러 형제들이 있었어요

깡통, 빨대, 마스크, 낚싯줄 모두 데면데면

서로의 눈을 피하고 있었지요

누가 먼저 인간의 등을 찔렀는지

말하지 않아도 알거든요

어느 날, 한 거북이의 목을 감았어요

그는 날 사랑인 줄 알았겠지요

말없이 눈을 감더군요

그 순간, 나는 처음으로

자신이 '흉기'라는 걸 깨달았어요

자신이 '악마'라는 걸 깨달았어요

부디 오해는 말아 주세요

나는 단 한 번도 스스로를 바다에 던진 적 없답니다

당신의 손이, 당신의 무심이, 나를 흘려보냈잖아요

그날 당신은 웃고 있었지요

아이스크림 하나 들고, 파도 사진을 찍으면서

나는 당신의 기념사진 구석에서

검은 점처럼 찌그러져 있었고요

나같이 무생물도 다시 태어날까요

악마가 되어버려 지옥으로 가게 되나요

오늘도 해는 집니다

해변의 아이들은 다시 모래성을 쌓고

나는 그 속 어딘가에 묻히겠지요

그리고, 잊혀진 사실만 말할게요

버려졌다고는 더욱 말하지 않을 거예요

거북이에게 미안합니다

버려진 비닐봉지는

자유가 없답니다

미안해요…

못생긴 나무가 산山을 지킨다

내가 맘으로 사랑하는 것들은
죄다 쓸모가 없다

소리를 들을 수 없는 어머니의 귀를 사랑하고
탁자에 부딪는 강아지의 보이지 않는 눈을 사랑한다

내가 진정으로 사랑하는 것들은
죄다 값을 셈할 수 없었다
셈 없이 아이를 길렀고
값없는 하늘을, 땅을, 그리고 숲을 사랑하며 살아왔다

여기 보이는 나무 그릇과
저기 지어진 사찰寺刹의 나무 들보는
기능이 본질을 제한하여
'쓸모'로 흩어지기 전에는
분명 하나였을 게다

그렇게 감각으로 테두리 지어진
쓸모와 셈의 울타리를 넘어서 보면

보이지도 않고

만질 수도 없는 것들

우리가

마음 저리게 사랑해 왔던 것들은

죄다

쓸모없고 값없는 것들인 것을….

빈 컵

손에 쥘 수 있을 만큼의
공간만을 품는다
손에 들 수 있을 만큼의
중량만을 담는다
손이 상수常數라면
비어 있는 만큼 담을 수 있을 게다

누군가의 목마름을
기억할 수 있는 자들만이
조용히 기다리는 마음으로
제 모양을 오래 유지하리라

투명하다는 건
속이 훤히 들여다보인다
는 뜻이 아니라
아무것도 숨기지 않는다는 뜻

빛마저 가만히 지나가게 두는
이 얇은 벽에서

우리는 각자의 얼굴을 비추어 본다

가장 흔히 깨진다는 것은
가장 많이 쓰인다는 것
그 섬세한 쓰임새로
우리는 매일을 산다

가득 찬 순간보다
비워진 순간
그것은 더 잘 들리고
더 잘 비춘다

저녁의 빗살무늬

구름은 늘 제 그림자를 데리고 다녔다
비는 그것조차 씻으려 들지 않았다
말없이 지나가는 것은 때로 냉정하지만
가장 오래 남는 것은 그들이다

한때 돌멩이였던 때
누군가는 그 위에 하루를 걸터앉아
젖은 신발, 조용한 한숨, 그 무게가 따뜻했다는 걸
너무 늦게 알았다

한 사람의 뒤돌아섬이
계절을 바꾸는 일이라는 걸
그때는 몰랐다

무심히 스쳐간 등 하나가 지평선 끝에 걸려
그대로 저물어갈 줄이야

바람이 지나간 자리엔 풀잎 하나가 뒤집힌다
누가 먼저 등을 보였는지는 이제 아무 의미도 없다

상처와 후회는 언제나 순서를 바꿔가며 물을 뿐

모든 사과는
말보다 침묵에 가까웠음을 알기에

저녁은 서늘한 붉은 광장의
그늘진 벽에 손을 얹고 있다
시간이 바라지 않는 무늬로
하루의 마음을 눌러놓듯이

이제야 알겠다

누군가의 침묵은
참았던 사과의 또 다른 이름이었다는 걸

그리고 그 모든 늦은 고백 앞에서는
바람조차 발끝을 들어 걷는다는 걸

비의 무늬는 검은 종소리

잊힌 골목 어귀마다 젖은 우편함 하나씩
서성이는 중이다

텅 빈 우물 속에는 오래된 이름이
돌처럼 가라앉아 있다

풀잎 위에 놓인 먼 오후는
끝내 피지 못한 꽃봉오리의 입김이다

그대의 목소리는
눈발 속으로 걸어가는 발자국 소리였고

떠난 자리엔
말라붙은 편지가 허공을 베고 눕는다

모든 문이 닫힌 시간 이후
울지도 못한 창문은 유리로 된 상처이다

사랑이었을지도 모를 것들은

지워진 일기장, 그 마지막 페이지의 붉은 잉크이다

아무 일 없었다는 듯 흐르는 강물은
결국, 뒤돌아보지 않는 뒷모습이다

붉은 열매

태초에 하나님은 열매 하나를 남겨 두었다
빛과 어둠의 경계, 그 틈에

붉은 피 위로 햇빛이 한 방울씩 스며들 때
열매는, 심장처럼 뛰었다

손이 닿는 순간 향기가 터져 나왔다
달콤함의 깊숙한 곳, 칼날이
반짝였다

아름다움은 언제나
죽음의 옆구리를 끌어안는다

페르세포네가 베어 문 씨앗은
지하의 계절을 열었고
우리는 그때를 '겨울'이라 불렀다

겨울의 숲은 유리가 되고
밤마다 붉은 열매를 맺는다

간판들 위, 광고들 속에 도시는
다시 에덴이 되고
빛의 심장은 과열되어 타오른다
우리가 사는 이곳은 금단의 반복일지도 모른다

유리창에 비친 나를 본다
손에는 반쯤 먹다 만 열매,
입가엔 미묘한 미소와 그늘
그리고 또 하나의 손이

붉은 껍질을 갈랐다

제3부

침묵 속에서 말을 빚다

아흔아홉 번째 시

노란 수선화 잎 하나가
떨어졌다, 소리 없이

언제부터였을까
풀잎에 맺히는 이슬을 세기 시작한 게
풀꽃이 지는 소리에도
가슴이 젖기 시작한 게

강물은 오늘도 조용히 흐르고
나무들은 제 그림자만큼만 말을 아낀다
그 곁에서 조심스레
한 글자씩 하루를 적는다

아흔아홉 번의 계절
그 사이 아흔아홉 번의 작별
한 번도 울지 않았지만
한 번도 잊은 적 없다

노을이 골짜기 끝까지 번지면 마음은 언제나

그 자리에 멈춘다 덜 자란 사과처럼
어설픈 그리움이 햇살에 따뜻하게 물든다

사람이란
잃은 것만 또렷하게 기억하며
남아 있는 것의 이름은 늘 늦게 부른다
그래서 오늘도 이 시를 접어 강물에 띄운다

흘러가든, 돌아오든
그건 바람의 일

아흔아홉 번째 시는
그저 마지막에서 한 걸음 물러나
한참을 바라보는 마음으로
조용히 피었다가, 사라질 것이다

얼굴(PERSONA)

숨결도 참고, 물빛은 맑아

하늘과 구름과 나무와

얕게 나는 새의 꽁지깃까지도 보이는데

비추이는 얼굴에는 짙은 암갈색 그림자뿐

눈, 코, 입이 보이질 않는다

손가락으로 찌르면

중심을 같이하는 원들의 물결이 일어

언뜻 보여지는 듯도 하지만

조금 더 그리려는 욕심에 결국 깨져 버린다

낡과 주검의 골 사이 그 시작과 끝 덧없는데

애를 써도 보이지 않는

그이를 위해

오늘은

눈도, 코도, 입도
귀까지도 그리려나 보다

아주
조금은
낯설음도 즐기려나 보다

중얼거림

걸치고 있던 것이 본시 내 것 아닌 듯
온몸을 죄어 오자
표정은 굶주린 짐승 같고
심장은 강풍에 출렁이는 파도같다

벗겨내지 못한 기름때
뱀의 비늘 같은 손등
부벼대며 중얼거린다

위선과 위악보다는 침묵이 더욱 귀한 것임을
나의 행, 불행은 타자他者가 아니라 나에게 있음을
나의 행복을 지키는 것도, 나의 불행을 막는 것도

남이 아니라, 나임을…

중얼대고 또 중얼댄다
쏟아내고 쏟아낸다

게워지지 않는 숱한 중얼거림이

욕지기가 되는 순간

마음은 까칠해지고
면목 없는 삶만
공연히 쥐어박는다.

우리는 타인의 욕망을 욕망한다

죽은 자들을 위한 주황색 마리골드 꽃
스스로의 궤도를 무시하고
위로 흐른 별은, 별자리가 되었으니
삶은 각각 불확실한 염원의 결정체結晶體

별들이 허겁지겁 창문을 두드리나 창은
애초 열릴 뜻이 없었다

희미한 입맞춤 자국 누구의 손길이 머물렀나
모르면서도 갈망하는 그림자들
그 그림자도, 실은 누군가의 그림자였겠지

폐허 위로 피어오른 정오의 안개 속에서 어느 손길은
다른 손길을 흉내 내었고 그 흉내는 또 다른
흉내를 뒤쫓았으며 끝내, 최초의 손길은 존재했을까?

높이를 가늠할 수 없는 공간으로 던져진
무수한 욕망들 곧, 파문破門이 되었다

무너진 탑의 꼭대기로 타인의 입을 본떠 지어진
기도가 하늘을 향했으나

하나님은 그 화법을, 이해하지 않았다

내 것이 아닌 사랑
내 것이 아닌 것의 상실을 앓으며

지금도 언어는 해석되지 않은 채
거울 너머의 입술만이 웃고 있다

그 웃음은 우리를 위한 것이 아니나, 그럼에도 나는
그것을 끝내 내 것으로 믿고 싶었다

자기로부터의 혁명

눈동자 안쪽의 거미줄은
동공과 수정체, 망막의 어디쯤일까

금속 같은 오후
나에게로 통할 것 같은 좁은 문으로
질문을 물처럼 스며 넣어 보지만

대답은 없다

문이 있는가
혹시 나라고 불리는 불확실한 윤곽뿐일까

이름, 소리, 기억의 격자
나는, 나를 물으려다
그만, 말을 버린다

물도 잠잠해진 고요
이름도, 과거도 없는 맑은 숲 하나

걷는다
의식의 검은 숲에는
나뭇잎 대신 관념이 부서지는 소리

그 숲을 계속해서 걷는다
의문도 없이
설명도 없이
고요하게

빛도 어둠도 아닌 틈에서

나는 다시, 숨을 쉰다_권태

컵 안에 남아 있는 헤이즐넛 향
묽고 시린 혀끝을 적신다
커피는 미적지근하지만
금이 간 머그컵 밖으로
검은 잔향이 오후 내내 감싸 안는다

어제와 다를 것 없는
기하학적 패턴의 아라베스크 무늬 벽지
그 무한 반복을 따라가다 문득,
일찍이 죽은 파리 한 마리의 흔적

죽지도 않고, 뚜렷하지도 않게
사체랄 수도 없이 조각나
시간이 눌린 채로 있다

창밖 나무는
어제와 같은 자리에 서 있다
나는 다만
조금 더 조용히 앉아 있을 뿐

창밖에 흔들리는 건
은사시나무
비틀린 가지에서
지나간 계절들이 버릇처럼 떨어진다

버튼을 눌러도 켜지지 않는 리모컨처럼
내 안의 의지는 감전된 듯 움직이지 않는다
지나가는 시간은 무심한 얼굴로
내 어깨 위로 내려앉는다

문득, 먼지 낀 잎사귀 사이로
새가 운다
갈색 울새의 호루라기 섞인 듯한 휘파람 소리
그 소리 아래에, 장미가 피었다

누군가의 안부가 따뜻했고
나무 아래에 고혹적인 장미도 피었고
그걸 내 눈이 보았다

느린 날도 있다

느린 만큼, 빠른 만큼

우리는 숨 쉬는데

숨 없이 있던 어느 느린 날의 끝에서

나는 다시,

숨을 쉰다

여름_태양 아래 존재하는 형이상학

목탄처럼 타들어가는 정오의 태양 아래
작은 그림자 하나 길바닥에 찢긴 듯 눕는다

해바라기가 태양을 바라보는 것은
시간 안에서의 격정적 파동인가
혹은 자유의 짐을 진 타자의 응시인가

나는 이글거리는 도로 위에서도 꿈처럼 떠다니고
여름의 열기 속에서 증발되어 버린 의미의 껍질일 뿐
이마에서 땀으로 흐른다

그 여름의 늦은 오후
허무의 그림자를 길게 드리운 햇빛 속으로
실존이라는 이름의 불안 속으로
깊이 들어간다

나는
어느 사이 낡아 버린 얼굴이 아닌
한결같이 나를 지켜온 '나'를 믿는다

그리하여 여름이란

존재가 자기 자신에게 귀속되는 순간의

감각과 자아가 뜨겁게 부딪히는

짧은 영원의 계절일지도 모른다

여름, 그 눅눅함에 대하여

모기 한 마리쯤은
참아낼 수 있을 것 같던 밤
조용한 마음과 감정을
시끄럽게도 나누었다

얼음은 금방 녹고
잔 속엔 네가 희석되어 있고,
한 모금에 털어 넣은 건
술이 아니라
쓸쓸한 내 삶의 찌꺼기들

아직도 작아지지 않은 자존심의 흔적들

혼자 테이블 끝에 앉아
괜찮은 척, 시원한 척
그럴듯하게 취한 척하다가
별로 중요한 말도 아니었는데
괜히 기억은 잘난 척을 한다.

너는 참이슬을 좋아하고
나는 그냥 네 옆이 좋다

누군가의 여름은 눈부셨겠지만
이 여름은 약간 눅눅하고
알코올 몇 방울 떨어뜨리면
눈 위에 뿌린 탄산칼슘처럼
눈을 녹이듯 눅눅함이 사라지려나

축축한 공기 속에서
너는 오지 않는데
쓸데없이 자꾸 술만 따른다

자아自我

말은 공기의 붕괴된 파동이다
단어 하나를 내뱉는 순간 모든 중첩은 무너지고
너는 더 이상 그 자리에 없게 된다

너는 달팽이보다 느리게 떠난다

너는 한 번도 태어난 적 없는데
나는 계속해서 너를 잃고 있다

너 없는 공간은 진공보다 더 비어
시간이 너의 방향으로 휘어져 버린다

나는 매일 너의 부재를 무게로 환산한다
질량 없는 마음이
왜 이토록 내려앉는지 묻는다

빛이 죽는다면 땅 아래 묻히고
그 위로 이끼가 자랄까

나는 오늘도 죽은 별의 뿌리 쪽으로 걷는다
심장은, 음파에 부딪히는 조개껍질처럼 울리고

언어는, 이곳에선 무릎 아래까지 자라는 미지의 풀
단어 하나를 꺾으면 뇌 속에서 새 떼가 날아든다

시간은 자석처럼 모든 기억을 뒤집고,
나는 뒤집힌 나를 껴안고, 다시
죽은 빛을 먹고 자란다

언젠가 언어가 다 자라면 그 풀숲 아래
누운 나를 네가 읽을지도 모르겠다

자정子正의 식물

너는 자라지 않는 식물이었다
흙도, 물도, 햇빛도 없이
단지 나의 기억 속에서만 매일 자랐다

나는 너를 '만약'이라 불렀고
너는 나를 '이미'라 불렀다
우리는 시간을 주식처럼 거래했지만
창고에는 언제나
빨간 시계들이 쌓였다

짖어대는 바늘들 사이에서
분침은 상처처럼 흔들렸다

그날
너는 뿌리를 하늘로 뻗었다
빛이 아니라 어둠을 흡수하며 피는 꽃
너의 꽃잎은 숫자가 아니었다
말할 수 없는 이름들로 이루어진
자정의 언어

나는 너를 꺾지 않았다
단지, 매일 잊는 방법으로 물을 주었다

그래서 지금도
네가 없는 곳에서
너만 자란다

한밤중
시간이 멈춘 그 순간에만
피어나는 꽃

무당이라는 이름으로

나는 칼날 위에서 물고기 비늘처럼 춤을 췄다
그들은 나를 무당이라 불렀고, 나는
그들의 숨을 제물 삼아 작두 타는 법을 배웠다

가끔, 도시의 불빛이 적멸할 때
비닐 천막 아래 그어진 소금선
나뭇잎 사이로 웃고 울던 이름들

남겨진 몸은 살과 마음의 경계를 찢기며 기억한다

칼은 이미 노래를 잃고 나는 춤의 까닭을 잃었다
꽃잎은 옆으로 흘러가는데
내 피는 멎은 웅덩이로 고여 있다

기쁨이라 부르기엔 너무 날이 서 있고
슬픔이라 하기엔 오래 익숙하다

지하철 환풍구 위로 누군가
부적 같은 종이를 구두 밑창에 깔고 지나간다

빛바랜 점포 앞

나는 허수아비 같은 몸을 누이고

북소리 대신 에어컨 실외기 소리를 듣는다

작두는 박물관 유리장 속에 잠들어야 마땅하지만

도시의 골목마다 보이지 않는 의식은 남았다

누군가는 퇴근길에 자신의 그림자를 위해 기도하고

누군가는 엘리베이터 안에서 눈 감고 조용히 손을 모으리라

이 침묵의 도시,

이 고독의 밀림 안에서

아직도 누군가는 내가 남긴 기도를 기다릴 줄도 모른다

작두를 타지 않아도, 무당이라는 이름으로

우주宇宙, 고독

카시오페이아 외곽의 이탈된 궤도
송수신은 오래전 끊겼고
궤도 위엔 방향도 의도도 없다

우주의 지도를 소지한 자도 없고
목적지는 출발 전에 사라져 버렸다

그 어둠 속에서
가끔 지구의 기류가 상상된다
의미 없는 전파처럼
잊힌 목소리가 감기기도 한다

빛의 속도의 우주에선
수평선은 존재하지 않고
시간은 공간 어디쯤에서 접힌다
중심 질량 근처에서
이름이라는 구조물은
이미 무너졌거나 버려졌을 터

기억의 순서가 뒤바뀌고
좌표는 안쪽으로 향할수록
무의미해진다

고장이 날 수 있는 것들을
미리 기록했지만
고독은 그 리스트에 없었다

수신 불능의 전파 속에서
조립되는 건 항상 기능뿐
의미는 수리 대상이 아니다

울음이 먼저 나오고
이유는 나중에 안다

나중에야
그것이 고독이었음을 안다

기억은 별로 쓰여 있다

누군가의 마지막 생각이

빛으로 바뀌는 도서관

책은 없어요

대신 공중에는

수천 개의 유리구슬들이 떠 있죠

그 안엔

말 대신 빛나는 장면들

입술이 닿기도 전 녹아 버린 고백들

이 도서관에서는

반딧불이 문장이고

숨결이 문장부호예요

당신이 잠든 사이

종이배 하나가

당신의 이름을 싣고 떠났어요

이름이 무거워

물결이 부서졌죠

나는 몰래 별자리를 읽습니다

말이 없는 우리는

기억을 별로 쓰거든요

그리고 그 별을

당신이 다시 꿈에서 볼 수 있기를

매일 저녁, 눈을 감고 기다립니다

당신의 잊힌 기억이

내 손끝에서 새벽을 불러오는 동안

화성火星에서 시를 쓰다

꽃과 바람, 바다와 파도, 우리의 모든
마음의 병풍이 이들이라면, 화성에서는
우리의 모든 감정도 재구성될까?

우주복의 길고 짧은 호흡이
모스 부호가 되고 언어가 되면
기쁨은 어떻게 나타내고
슬픔은 어떻게 표현할까
육백팔십칠 일의 일 년과
이십사 시간 삼십구 분의 하루와
십이 분 사십육 초의 차이로
지구로의 작별 인사는 전송 오류 되고

태양광 패널이 전력을 덜 모아
무심히 슬퍼져도

지구에서 쓰던 시詩의 구조가
맞지 않아도
나는 여전히 지구의 방식으로 시를 쓴다

만나고, 만나고 싶고
헤어지고, 헤어지기 싫고
아이를 낳고
죽기는 싫은 이의 시가
화성이라고 달라져야 되는가?
새로운 언어와 은유가 필요한가?

먼지가 꽃가루처럼 날리고
바람소리 대신 드론의 소리가 닿아도
나는 눈을 감고 여전히 우리의 방식대로
시를 쓴다

사람이란, 어디서도 사랑하게 된다는 것을

시詩를 위하여

여울은 한 번도 울지 않았다

돌을 비껴 흐를 때조차, 고요히 깊은 곳에서

자신을 접고 차가운 빛 하나만 품었을 뿐

이름 모를 아픔들이 잠든 밤마다

등을 타고 올라와도

울음 대신 종이 한 귀퉁이를 접었다

어떤 날의 말들은 칼날처럼 매웠다

귀를 스치며 지나가 심장 밑동에 박혀도

외면하지 않았다

피가 아닌 단어를 천천히 꺼내기 위해

무엇이 그의 손끝을

그토록 조심스럽게 만들었는지

어떤 단어들이

그토록 긴 침묵을 견디고

그 안에서 피어났는지

꽃이 시들지 않으려면 먼저
뿌리부터 어둠을 견뎌야 한다

가장 밝은 문장 하나는
가장 어두운 자리에서
태어났을지도 모른다

무너질 듯 단단한 문장 하나

숨을 고르며
다시, 견딘다.

이끼는 기억이다

지구를 떠난 인류는
고통을 화폐로 바꾸는 데 성공한다

슬픔 한 컵으로 식량을
분노 한 줌으로 집세를 치르며
감정은 느끼는 것이 아니라
그저 지불하는 수단이 되었다

잊힌 행성의 폐허에서
작은 이끼 하나가 깨어났다
도서관이 무너진 자리에
작은 녹색의 결이 돋았다

그것은 생명이 아니라
하나의 기억이었다

그 기억은 오래전
지구가 아직 '마음'을 가지고 있었을 때
고통의 가치가

아직 화폐가 아니었던 시절

한 아이가 책을 안고 흘린 눈물 한 방울과
불타는 도시에서 마지막 개가 짖던 밤
누군가가 "용서한다" 말하며
스스로를 껴안던
순간의 안타까움

이끼는 그 작은 기억을
녹색의 결 안에 간직하고 있었다

다른 행성에서
감정을 잃은 채 살아가던
지구의 그림자들이

갑자기
값을 매길 수 없는 통증이
가슴 한 켠에 이끼처럼 피어나면서
아무 대가도 없이

누군가를 껴안고 싶어졌다

거래할 수 없는
연민의 기억

그 기억이 이끼가 되어
폐허 속에서도 자란다

이끼는 기억이다

거래할 수 없다

투명인간

죽은 이의 착한 영혼은
태양열에 의해 햇물이 되었다가
분무기로 뿌려져 햇살이 된다

그렇게 퍼진 햇살은
발소리 지워진 발길이
돌길 밑으로 스며들어
돌 자체의 무게가 되듯이

사라짐이 곧 존재가 된다

어슷하게 틀어진 빈 의자
엇박으로 놓인 책상 위 펜 한 자루
그는 그렇게 존재한다
투명인간처럼

사람의 동공에 포착돼도 시신경이 없어
걸음마다 발소리는 지워지고 날려
손을 흔들어도 공기만을 가르지만

햇살은 햇살인 그를 투과하고
거울은 그의 선을 잡아내지 못해
이름은 낡은 책갈피처럼 잊혀져
불려본 지 오래다

사람들 곁을 항상 맴돌다 흩어지는
그림자 없는 바람과
냄새 없는 연기로 오는 그는

세상이 무심히 흘러가고
그 흐름조차 닿지 못한 채
고요히 증발하여도

보이지 않는다는 것이
기다림도 없다는 것이 아니므로
사라짐이 곧 존재가 된다

사람들 사이를 헤집고 걸어도
그를 부르는 목소리는 없고

창문에 기대어 바라본 하늘은
끝내 그를 담아내지 못하고

누군가의 옷자락에 스칠 뿐
머물지도 못하지만
맑은 강물처럼 흘러
돌 틈새로 스며드는 바람이 되고,

그러나 이 고요 속에서
가끔은 안다.
아무도 보지 않는 자리에도
가만히 머무는 빛이 있었다는 것

보이지 않는다는 것은
기다림을 벗어난다는 것,
사라짐으로 또 다른 무게를 얻는 것

그리고,
누구도 닿지 않는 곳에서

세상을 조용히 응시하는 일

햇살을 받을 때
온몸이 나른히 빛나는 건
마음이 아늑함으로 행복해지는 건

그 조용한 응시가 나를
포근히 덮어 주는 까닭일 게다

제4부

지나간 길에 이름을 남기다

선線

물과 뭍을 나누었고
나라와 나라 사이를
공기와 풀, 꽃, 그리고 나무를
인도人道와 차도車道

그리고
모든 정물의 윤곽까지를 나누었다

하나의 선이 그어졌을 때
그 경계는 제법 명료했으나

하나의 생각이, 사상이
하나의 기준이, 도덕이
각각의 선으로 그어져
무한다각형 속에 갇혀 버린 후에는

누군가는 노래했고
누군가는 절규했다
지워달라고 없애달라고

지워지는 수만큼의 자유를 얻어
선 두 개로도 산을 그릴 수 있게 되자

다시, 누군가는
어디로 들어가야 마땅히 자기가 되는지
몇 개를 그리고 몇 개를 남겨 둬야
온전한 내가 되는지

두 개의 선은 산이기도, 나무가 되기도 해서
알지 못해 답답해 중얼거린다
"그때가 좋았지"

그때는 과연 어느 때인지
지켜야 할 것과 지워야 할 것이 마땅히 몇 개인지

회계감사[Audit]

숫자들이 문자의 지지대에 기대 엉켜 숲을 이룬다

그 숲속에서 꽃잎과 나뭇잎들을 낱낱이 들여다본다

밸런스시트는 균형을 목적으로 하지 않는다

모든 삶엔 균형이 필요하다고 대변이 차변에 속삭이지만

자산이 부채보다 커야 좋으니 기역자를 외편으로 돌려 눕힌다

자산은 말이 없고, 부채는 무겁다

자본은 침묵 속의 양심 같다

조화로움은 필요없다 마이너스는 작고 플러스는 커야 한다

소수점 아래 웅크린 불안과 괄호 속 숨죽인 슬픔을 안다

좋은 재무제표는 하나의 아름다운 그림이어야 한다

금이 가거나 덧칠된 곳은 없는지

눈에 힘을 더해 낱낱이 본다 눈알이 빠질 때까지

줄과 칸의 엑셀 위에 펼쳐진 진실과 의심

숫자 안에 숨은 마음을 읽고 그들 사이의 관계를 파악한다

증빙이 걸어간 흔적을 따라 조용히 발걸음을 옮긴다

이익 뒤에 숨은 진심과 손실 아래 흐르는 희망까지
법과 규정의 언어 사이에서 양심은 나침반이 되어 준다

수많은 침묵의 무게를 견디고 나면
숫자는 꽃잎이 되고 나뭇잎이 되고
정렬된 규칙 안에서 고흐가 되고 칸딘스키가 되고
정직의 리듬과 정확한 운율로
삶을 갈구하는 버지니아 울프가 되기도
삶을 증명하는 프로스트가 되기도
세상의 혼돈을 아파하는 시인이 되기도 한다

흙과 물로 세상 만들기

손에 움켜쥔 마른 흙 한 줌과
땀방울 떨궈진 물 한 동이면
충분하다

콘크리트보다 단단한 꿈으로
철근보다 강하게 휘는 심장으로
그 파동만으로도
땀방울을 끓게 하자

우리는
세찬 바람 속을 어유魚遊하는 깃발
역사의 빛을 비늘처럼 껴안고
흙과 물로 세상을 빚는 자

도면 위에 그은 선 하나가
누군가의 안식처가 되고
쌓은 벽돌 하나하나가
꿈꾸던 도시가 된다

설계란
비바람과 눈보라와 지진 속에서도
미래의 균형을 맞추는 일
줄을 잡고 수치를 세우며
균열을 메우는 일

다리를 세운다는 건
멀리 떨어진 마음들을
하나로 잇는 일
누군가의 고립을 끝내는 일

터널을 판다는 건
보이지 않는 어둠을 기꺼이 지나가는 일
빛이 닿지 않는 깊은 곳에도
길이 있으리라 믿는 일

마천루를 올린다는 건
땅 위의 땀방울을
하늘 끝까지 데려가는 일

꿈이 구름보다 높을 수 있음을
몸으로 증명하는 일

쑥과 마늘로 새 숨을 불고
성긴 빛을 한 개의 꿈으로 모아
도시가 자라고 미래가 열린다면

우리는
바람에 어유魚遊하는 깃발일지라도
역사의 빛을 비늘처럼 껴안고
흙과 물로 세상을 빚자

장엄한 세상을

기찻길

노란 신호등이 깜빡이는 거리
버스는 멈추지 않았고
나는 어쩌다 이 길 끝에 도달했는지

가차 없는 기찻길
구겨진 신문처럼
하루가 바닥에 떨어진 날
하늘이 문득 말을 걸어
나는 무심히 철로를 걷는다

지평선을 만난 철로는
소실점 즈음 에펠탑이 된다
철의 실루엣의 무수한 열린 틈들과
누군가의 사랑이 적힌 자물쇠들이
내 심장에 주렁주렁 걸린다

이 자물쇠를 풀면
나는 자유하는가
국경도, 문장도 없이

고요한 바람 속에서
마음만이 흘러가는 자유

하늘이 낮던
파리의 어느 저녁
고흐의 물감 냄새가 나는
자유는 무게 없는 것이 아니라
다만 감히 짊어질
용기의 다른 이름 아닐까

용기를 어디까지 올릴까
태양을 향해 날던 이카루스
너무 올라, 날개가 녹지 않기 위해
우리의 욕망의 최선의 높이를 가늠하면
지혜로운 것이 되는가

나는 멈춰 서면서
한 순간, 추락해도 좋다고 생각한다
무너지는 와중에도

하늘을 탓하지 않을 만큼만의 자유

밤이 내리고
에펠탑이 천천히 불을 밝히면
명동의 화려한 네온사인들과
화려한 불빛들

날개에 주렁주렁 걸린 불빛들
철컹거리는 마음으로
집으로 향하는데

노란 신호등이 깜빡거리고
역시, 버스는 멈추지 않았고
나는 무심히 철로를 걷고 있다

발걸음 세기_카운팅

발걸음을 센다

의식 없이

언제부턴가 몸에 새겨진 리듬처럼

버릇처럼, 기도처럼 익숙한 발걸음 세기

까마득히 앞이 보이질 않았던 날

잡을 것도, 기댈 것도 없어 다짐처럼

발끝만 보며 걸었다

묵묵히 걷다 보면

앞도 보이고 아득함도 이겨냈었다

누군가는 멈추라 했고

누군가는 돌아서라 했지만

나는 앞으로만 갔다

가장 깊은 뿌리는 흙 속에서 자라고 있을 테니까

흔들릴지언정 꺾이지 않겠다는 마음으로

한 계절이 지나고
바람의 결이 달라지고
발아래 보이지 않던 봄풀도 보인다

고개를 들어보니 거기
빛이 있다
멀리서 다가온 것이 아니라
내가 가까워진 것이리라

고난이란 결국 걷는 이의 그림자였음을
바람 속에서 피어날 것을 믿는 흙 속의 씨앗임을

나는, 걸으며 배웠다

먼 길 앞에서

길 끝에 무엇이 있을지를 궁금해하는 마음이 일었다
작은 호흡 위로 실려 떠난 그 물음은
바람을 타고 수평선 너머, 먼 대륙까지 흘러갔다

햇살은 등을 밀고, 그림자는 발밑에서 흔들리는데
누군가의 시작을 믿는 듯, 세상은 말없는 환영을 보낸다
지금 이 순간이, 새로운 여정의 첫걸음이 되리라 말하는 듯하다

주저하는 발걸음 위로 낯익은 향기가 내려앉고
손끝에 쥔 오래된 기억들은
혹시 길을 잃을지도 모른다는 두려움을 살짝 피어내지만

모르는 길은, 잃을 수는 없고 새로이 발견하는 것임을
조용히 앞으로 나아갈 이유가 말해주고 있다
그 끝에서 마주할 새로운 나와 악수하고 싶다

내가 나였던 날들을
조심스레 접어 가슴에 넣는다
설렘과 두려움이 서로를 안은 채

미지의 세계, 그 찬란한 침묵 속으로

끝내 말없이 걸어가서

낯설 수도 눈부실 수도 있겠지만

오랜 기간 익숙했던 나의 뒷모습이

그 낯섦 속으로 천천히 걸어 들어간다

그 끝에서 마주할 새로운 나와 악수하고 싶다

소리 없이 스며드는 고요한 하루
_"행복은 언제나 여기에 있다."

비가 내린다.
창 너머 정원이 젖는다

잎사귀에 스치는 빗소리마다 세상은
한숨 돌린 듯 느릿하게 숨을 고른다

한 날을 다 살아내고 보면
크고 번듯한 일보다 작고 고요한 수고가
나를 버티게 한 줄을 깨닫는다

말을 삼키고
귀를 기울인다

하고픈 말을 멈추고, 남의 속을 먼저 헤아린
그 짧은 틈새에 고맙다는 말이 먼저 흐르고
내 잘못이 아니어도 미안하다는 말을 먼저 꺼낸다

인연 속에서 더 나은 내가 되려는 다짐
일터에서 다시 손을 뻗는 순간마다 행복은

고개 들어 나를 바라본다

작은 집중 끝에 글 한 줄 쓰고
지운다
그만하면 오늘은 된 셈이다

보는 이 없어도
이 조용한 날들 속에서 나는
묵묵히 자라고 있다

행복은
멀지 않은 곳에 있다

숨 가쁘기만 한 날 가운데 멈춤은
그저 멈춤이 아니라 살아 있음이었으니
반짝이지도, 크지도 않으나
잔의 온기처럼
비의 숨소리처럼
행복은 소리 없이 스며든다

하루의 끝에서 해야 할 일을 마치고
지켜야 할 약속을 지키고
흐트러졌던 시간이 제자리를 찾고

나 자신에게 건네는
작은 격려처럼

이 조용하고 작은 하루가 찬란해지는 지금

행복은
언제나 여기에 있다

브리즈번, 새로운 날의 노래

핑갈의 동굴 지하 폭포 앞에서 듣는 멘델스존
헬싱키의 시벨리우스 정원에서 울려나는 핀란디아
브리즈번 강변에서 듣는 새로운 아침의 노래

간밤의 역동적인 꿈의 여정을 지나
아침 햇살과 함께 처음 네 이름을 만나
수줍게 빨개지는 나의 새로운 아침

도시의 심장은 바다로 열리고
사람들은 미소로 도시의 문을 연다

모래 빛 하늘 아래 자카란다는 피고
어디에도 낯섦은 오래 머물지 못하고
시간은 부드럽게 나를 감싼다

망고나무 그늘 아래
처음 듣는 새소리가
이제 낯설지 않을 즈음

강물은 바람을 달래며 흐르고
오후 빛은 붉게 노을을 건넨다
이역異域의 강가에 서서
마음은 물처럼 말갛다

지붕 위의 박쥐와 먼 팬 플루트 소리
어머니의 나직한 주방 노래
브리즈번의 밤은 그 모든 소리를
서늘한 공기 속에 곱게 접어 가둔다
멘델스존처럼, 시벨리우스처럼

나는 이제 나를 잊지 않고
새롭게 쓰이는 하루를 배운다
절망의 그림자조차, 이 강에서는
빛의 일부가 되어 흐른다

이 땅의 이름처럼

나는 다시 숨 쉬고, 꿈을 꾼다

브리즈번, 너는 나의 희망

모든 시작이 노래가 되는 곳

다섯 개의 다리

호수를 한 바퀴 돌아오는 길
다섯 개의 다리
미르다리, 여산교如山橋, 오작교烏鵲橋, 평장교平牂橋 그리고 옹암교
翁巖橋*

미르는 은하銀河니 우주로 큰 님과 잇고
여산은 산과 같으니 어버이의 사랑보다 더 걸맞은 게 있을까

오작은 사랑의 다리
가까이 닿으려 별빛을 건너야 했고

평장은 벗의 다리
긴 세월 흘러도 물아래의 의리가 남았다

그리고
옹암에는 스승의 덕이 있다

어떤 아름다운 만남들은
들날숨 같아서

척도尺度 할 수 없고

비유比喻할 수도 없고

다만

그 든든함과 고마움으로

자리만 바꿀 뿐

호수를 돌아오는 길마다

반가이 마주치는 다섯의 다리

삶에서 삶을 이어 주는

소중한 징검다리

바늘과 테이프

우리 아이들이

우리말로 부르는 노래가

타임스퀘어의 전광판 위에서

화려한 빛의 춤을 출 때

오늘, 나는 묘하게도

흑백의 기억 속으로 미끄러져 들어간다

어릴 때의 음악이란

바늘로 세상을 돌리던 시절의 것

커서는 카세트테이프를 연필로 감았다

그때의 노래에는

세상의 잡음이 섞여 있어 박자보다 사연이 먼저였다

손끝으로 재생하고

심장으로 멈추던 노래들

오늘은, 속도를 따라가며 느끼는 기쁨과 어지러움

이 나라의 소리가 세계의 심장을 두드리니
자랑스럽다

하지만 가끔은
아무 효과음도 없는
순수한 쉼표 하나의 정적 속에서
그때의 우리를 다시 만나고 싶다

빛의 시대 속에서
여전히 바늘과 테이프를 찾는 건
아마도 우리의 청춘이 회전하던
마지막 속도였을 것이다

시드니, 바람의 뒤편에서

오페라하우스의 계단
돌처럼 묵직한 오후를 깔고 앉아
하버브릿지를 바라본다

젊은 날의 꿈들은
바람의 뒤켠 어딘가로 흩어졌고
지금은 그 바람조차
이 도시의 유리 햇살에 녹아 버렸다

무심히 흐르는 강물 아래
덧없음이 거울처럼 비친다

인생도 그렇게
소리 없이 흘러갔구나

그땐 몰랐다
시간이 유리라는 걸
비 한 번 스쳐 가면
모든 풍경이 지워질 수 있다는 걸

이제야 비로소
마음의 부피를 가늠한다
두려움 없는 생은 없으며
부끄럼조차
인생의 주름이란 걸

눈물 한 방울
그 옆에 기대선 웃음 하나
세월이 지나도
그 두 조각이
서로를 기억하길

어디든 나를 잃지 않기를
흩어진 기억이
다시 나를 데려가기를

하버브릿지 위
차가운 바람이 머리칼을 스치고
백만 개의 불꽃같은 창들이

거리 위로 번져간다

그 불빛 하나하나가
내 마음 속 그리움의 이름이다

그대가 말없이 웃을 때
우리는 그 하늘과 바다 속에
다섯 손가락처럼 나뉘어 있지만
서로를 여전히 닮아가고 있음을
서로의 궤도를 닮아가고 있음을
알고 있다

시드니의 밤
시간이 잠시 멈춘 듯
공간마저 조용히 숨을 고른다

나는 이 찰나에
모든 것을
맡긴다

사랑_그 자리에 머문 것

그녀의 목소리를 듣는 순간,
나는 방 안의 공기가
가구가 되는 걸 느낀다
보이지 않던 것들이
모양을 갖추고 이름을 갖고
내 안의 낡은 침묵 위에 앉는다

그녀가 웃고 간 자리엔
숟가락 하나가 가만히 놓여 있다
금속은 감정을 모른다지만
이날따라 밥 식는 속도가 늦다

창문을 닫지 않았는데도
바람은 방 안에 들어오지 않는다
그녀가 떠난 후, 공기조차
한동안 문턱을 넘지 못하는 것 같다

이름 없는 감정이 자꾸
내 손등 위에 내려앉는다

마치 새의 체온처럼

가볍지만 확실한 무게로

누군가를 사랑한다는 건

시간이 특정 장소에서

멈춘다는 뜻일 게다

그 사람이 다녀간 자리에

계절이 눌러앉는다

시드니에서 아침을

호텔 발코니에서 보는
먼발치 활주로
오른쪽 위에서 왼쪽 아래로
착륙하는 비행기들

너와 걷던 써큘러키의 빗속
낯선 땅에서 우리가 만들었던
잠깐의 영원들
비는 모든 걸 다시 적신다
지우려는 게 아니라
더 깊이 각인시키듯

비바람에 몰아치는 나무처럼
꾹 눌러온 감정들이
세상 밖으로 토해지듯 쏟아지고

그 사이

우리는 무언가 붙잡을 듯

말없이 서로의 손을 조였고
잠깐의 침묵도
세월처럼 길게 늘어졌다
떠날 수도 머물 수도 없는
순간의 무게를
허공에 매달아 두었다

너를 태운 비행기가
왼쪽 아래서 오른쪽 위로
나를 등지고,
하늘 반대편으로 기울었다가
솟아오른다

추적추적 내리는 비는
너 없는 시간의 습기
숨 쉬는 것조차 천천히
네가 떠난 자리에 쌓이는 침묵이
물처럼 방 안 가득 고인다

안개비처럼 모호한 내일일지라도
기적처럼 돌아올 착륙을 믿으며

비 오는 공항
모든 이별이 시작되는 이곳에서
나는 끝내
너를 향한 우산을 접지 않는다

이 모든 비의 겹 속에
아직도
너를 벗기지 못한 채
내 안에 눕혀 두고만 있다

언젠가
너를 다시 맞이하게 된다면
그날의 비는
착륙의 소리로 내릴까

아니면,

너는 영영

나의 빗속에서만

귀환하는 사람일까

시계_새삶스러움

하루를 둘러싼

둥근 울타리 안에서

늘 같은 길을 돈다

두 개의 바늘이

쫓고 쫓기며

한 점을 향해 달려가지만

만남은 늘 찰나의 일

그들의 관계는 이미 선언되어

사소한 외도조차 용납되지 않는다

늦음은 죄, 빠름은 결함

정해진 속도를 따라

숨을 들이쉬고 내쉰다

한번쯤 멈춰 보고 싶지만

세상이 삶을 차고 있다

어딘가에서 똑딱

한 삶의 규칙이 꺼지고

다른 생의 바늘이 움직이는 사이

멈추는 것이

비로소 시간이 된다

새삶스럽다

소리와 시간과 무관심과 그리고 비[雨]

큰 비가 오면

창문에 수천의 파문이 퍼지면서

도시의 기억은 봉인된다

담장 너머의 웃음도

신호등 앞의 욕설까지도

빗속에서는 말소되듯 사라진다

비는 거리마다 음소를 쌓아

파열음을 웅얼거림으로

속삭임은 흑백 사진처럼 바꾼다

사람보다 먼저 젖는 건

창틀의 무심한 시선과 화단에 떨어진 낯선 열쇠

비는

순서를 묻지 않는다

오늘의 뉴스보다 꺾인 라벤더 줄기를 먼저 적시고

고위직의 발언보다 흙탕물에 뜬

참외 껍질을 더 오래 바라본다

장대비 속에서 세상은 젖고
나는 그 장면을 유리창 너머 질투하듯 응시한다
더 이상 가까워질 수 없는 애정의 옆모습처럼

비와 나 사이에는 무심이 흐른다
젖지 않은 채 남아
아무 말도 건네지 않는 서로의 무관심

안도한다

시간과 소리의 파문이 창틀에서 부서진다

제5부

상처 위에 피다

상처

나이 들면서
하나, 둘, 쉬지 않고 모은 것이
살갗에 보이는 상처傷處들이지 싶다

대학로에 최루가스 가득하던 날
젊은 날의 열정으로 얻은 창상創傷이 하나

사랑의 끝에서
이별이라는 날선 계절의 채찍에 갈겨진 자상刺傷이 몇 개

우울이라는 안개 속을 헤매며
무수히 얻은, 스스로도 모르게 생긴 찰과상擦過傷들과

이제는 늙어간다는 이유로
저절로 생겨나는 깊고 미세한 균열들까지

상처 위에 또 상처가 포개져
이미 헤아릴 수 없는 무수한 상흔傷痕들

그 상흔조차 사라진 자리의 무수했던 아픔들…

살아 있다는 건
어쩌면 이렇게
한 칼 한 칼 새겨진 기억들을
몸으로 기억해 가는 일일지도

나이 들면서
하나, 둘, 쉬지 않고 쌓아 온 것이
살갗에 보이는 상처傷處들 뿐이지 싶다

국밥 한 그릇

깡마른 얼굴 여기저기에
땡볕에 금이 간 깊은 주름을 달고
온종일 거리를 헤매며 주운 박스를
고물상에 주고, 받은 그 돈으로
할아버지는
병원에 있는
할머니가 좋아하는 국밥을 산다

아내가 좋아하는 국밥을 사갈 때가
제일 행복하다는 할아버지는
이 세상에서
비오는 날이 제일 싫다면서
애꿎은 날씨만 타박하고는
오늘도 모자란 돈으로
한 그릇의 국밥만을 산다

국밥 한 그릇에
담겨 있는 두 개의 숟가락
수북이 쌓인 한 개의 수저 위로

깍두기 하나를 위태롭게 올려주고 나서
할아버지는 무심히
물들어 가는 노을을 본다

계절이 몇 번 지나간 어느 날
할머니는
빈 구석 자리 하나에
한 그릇 국밥, 숟갈 두 개를 담그고는
창밖을 얕게 나는 새의 울음을 듣는다
울음은 그리움이 되어 높게 날아간다

난장이가 쏘아 올린 작은 공

꼽추와 앉은뱅이가

무너진 마루의 널빤자락으로

토닥토닥 콩을 구워 먹는다

앉은뱅이는 벌써

먹이를 찾아 나선 몇 마리의 쏙독새가

들판을 얕게 나는 소리를 들었다

꼽추는

철거반의 쇠망치 소리에 이미 꺾이어진

하늘의 구김살을 보았다

공장 굴뚝에서 떨어져 죽기 전에 난장이는

하늘을 향해 작은 공들을 쏘아 올린다

작은 쇠구슬은 산산이 부서져

콩이 되었고

꼽추와 앉은뱅이는

그저

무너진 마루의 널빤자락으로

토닥토닥 콩만 구워 먹는다

꼽추와 앉은뱅이가

무너진 마루의 널빤자락으로

토닥토닥 콩을 구워 먹는다

담배

빈 곳과 빈 시간을 메우려
허허로운 공간과 허기진 공백을 채우려
그리도 많은 순간 태워왔는가

어느 날
눈부신 햇살 사이로
고운 님 홀연히 찾아와
삶이 그 색을 달리했을 때부터

어느 날
바람이 몹시 불어와
어른님 홀연히 달아나 버린
외로움이 대신하던 날까지

새 나오는 한숨을 감추기 위해
시간과 공간의 빈 곳을 메우려고
그러게 애꿎게 피워댔는가

눈물이 쾽하여

코까지 매워도
아직 비벼 끄지 못하는 것은

지금도
그 허허롭고 허기진 공간과 공백 속에
남겨져 있는 탓인가

북어

새해 아침

명사십리明沙十里 끝자락에

불덩이를 잉태한 붉은 먹빛 구름과

그 사이로 새 나오는 빛을 수직으로 맞으며

초라한 소반에 올려진 한 마리 주검

처음으로 생명을 얻은

그리운 고향의 바다에서

이름 모를 어부에 포획되어

골고다의 덕장에 매달려

세찬 바람을 맞으며 고사枯死한 목숨

촛불을 바위 뒤켠에 세워 두고

치성 드린 여인의 제물祭物이 되어

쓸개 탄 포도주를 마시고

되어 버린 백내장 밀가루 눈동자

세상의 온갖 부조리와 불합리와

이름 모를 어부와

치성 드리던 여인과

일출에 열광하는 대중大衆을 향해

인간의 죄악과 욕망을 기록한 기소장에

말라 비틀린 몸에서 뽑아낸 붉은 피로

소리 없는 외침을 한다

성소의 작은 휘장이 찢긴다

다락방

첨탑 아래
푸른 어둠이 누우면
말하지 않은 말들이
비둘기처럼 부유하다
눈을 감은 우리에게 내려온다

숨결만을 나누던 입술이
고요를 나누는 때에 이르면
느린 언어는 공중에서 맴돌다가
눈물 자욱 쌓인 전등 위로
가만히 앉는다

줄기의 빛
기억인가 믿음인가
목마른 기다림이었나

새벽빛은 늘 문틈으로 들어온다
누군가의 이름을 부르지도 않고
의자도 없이 피는 동그라미 속에

천천히 겹쳐지는 손

말이 빛을 따라가고
육체는 소리가 된다
그리고 우리는 사라진다
조금 더 가벼운 침묵이 되어
사라진 것이 아니라 충만한 것이 되어

지붕 위로 내리는 별의 줄기
묶여 있는 믿음의 자유함

누가 문을 닫는가
여정旅程에 지친 누구도 들어오지 않았는데

부조리不條理

올 겨울엔 까만 눈이 내리고
노지감귤나무엔 덩그러니 탱자가 열린다
한바람에도 나뭇잎들은 각방各方으로 흔들리고
바람에 떨던 그 탱자 하나가
인벽을 뚫어 사물四物을 두드리면

호루라기 소리

기이한 함성에 놀라 긴 벽의 틈을 메워왔을
역사의 조각들이 떨구어 나간다

코뿔소는 소가 아니라네 하마도 말은 아니구 요원이 의원이고,
의원이 요원이라니 이름이 아니라 속을 봐야 되지 이름만으로는
알 수도, 말할 수도 없다

먹는 것과 먹을 것, 그리고 먹어도 좋은 것
좋은 것과 그랬으면 좋을 것
어떤 선과 도덕으로 그것들을 구분하여 삼을까
이 겨울도 역사로 남으려면…

깨달음엔 본시 나무도 없다 하던데
조각난 말 부스러기가 뜻이 되고
부서진 시간들로 정치를 삼아
흩어진 파편들을 모아
그렇게 무영無影의 탑을 쌓다 보면
있지도 않고 없지도 않고
있고 없음도 모두 없어지고 말 즈음엔

그 즈음엔 이 겨울도 역사가 되겠지…

까만 눈이 땅에 쌓였고
귤나무엔 탱자가 열리고
감은 사과나무에서 열리려나

사과나무엔 아무것도 보이질 않는다

포기拋棄

北漢山이
제 높이를 찾으려면
여러 계절들이 오고 가야지

南漢江이
제 깊이를 찾으려면
한바탕의 장대비가 나려야 하려나

벌판이
황금빛으로 물들고
푸르른 함성이
골짜기를 채우려면
어느 계절까지를 기다려야 하는가

무너진 사랑탑塔이
제 높이를 찾으려면
목매달아 차라리 죽을 일일 터

북한산이, 남한강이, 황금빛 벌판이

되살았다 사라지고

사라지고 되살아도

어려울진대

한낱 부초 같은 삶이야

똥물에 잠긴 하늘에

무사 초연硝煙 내음만 초연超然하겠나

목마름

폭염 속,

푸석 말라비틀어진 지룡사地龍士

고무공 튀듯 꿈틀대며 튀어 올랐을,

주검전의 광란의 춤

살이 깎이고 터져, 그 형체조차 희미하다

푸석 말라 굳어진 청령사蜻蛉土

희원希願하듯 두 손을 모았으나

투명한 날개는 갖가지로 찢어졌고

수국처럼 두툼한 눈망울은 초점이 없다

달아오는 불의 인두에

터진 입술은 분화구처럼 튀어 나들고

메마른 혀는 가뭄에 땅 갈리듯

붉은 선혈은 거의 거미줄이다

이미 영혼은 구천九川에 있지만

세상의 모든 샘이 말라

고사枯死한 것들 중에서

그 목마름들 속에서
한 방울의 물을 찾는
살아 있는 것들의 울부짖음

가슴속 메마른 강엔
흐르지 못한 말들만으로도
다하지 못한 정념만으로도
한 줄기 물길을 이루었는데

지나가는 어떤 바람이
의지 섞인 거룩한 소망으로
강바닥을 고즈넉이 적시운다.

지나가는 어떤 바람이
나무들을 축이고 지나다가
아찔한 내 텅 빈 손바닥에도 내린다

바람은 스펀지처럼 물을 빨아들이고
물방울과 물방울이 섞이어 물보라가 되고

시는 바람이 되고
바람이 폭풍우 되고
폭풍우가 콜라가 되어
벌컥벌컥 넘칠 때까지
마시고 싶다

오늘,
작은 그 바람을
한 모금의 시로 내뱉는다

디지털 신천지

창문은 열려 있지만 햇살은 들어오지 않는다
방 안엔 알람보다 먼저 울린 푸시 알림 몇 개
누군가의 시작은 누군가의 끝이었다
카페인 반 잔을 털어 넣고 이어폰을 꽂는다

세상과 연결하기 위해
세상에서 멀어지는 법을 우린 너무 잘 안다

채팅방 속 침묵의 창

그 창들 안에서 우리는 조금씩 눌려지고 있다
불빛 아래의 타자 소리처럼 마음도 두드려 보지만
누군가는 이미 답장을 읽었고
누군가는 읽고도 보지 않는다

오늘은 금요일이고 달력은 따뜻하지만

나는, 우리는,
무언가 놓친 것만 같은 계절의 가장자리에서

스크롤을 멈추지 못한 채 하루를 넘긴다

스크롤을 멈추지 못한 채 하루를 넘긴다

수릿날[端午]

수릿날이면 계집애들은 붉고 푸른 새 옷을 입고
창포로 머리를 감는다
애기 속살 같은 뿌리에 주사朱砂를 칠해 비녀를 삼고
잘게 썬 짚은 비단으로 곱게 감아 꽃을 빚어
동산에 올라 곧 생길 임을 그린다

오늘 수릿날에는
욕실 선반 위 플라스틱 병 속 일랑일랑 향기
샴푸로 머리를 감는다
드라이어의 따뜻한 바람으로 머리카락 말리고
거울 앞에서 한 송이 향기로운 꽃이 되려 한다
거울 속 얼굴은 스크롤에 잘려 나간 자아의 파편
관계는 자아 속에 묻히고 불편해지지 않으려
외롭기로 한다

수릿날이면 장안의 소년들은 웃통을 벗고
마을 공터에 모여 씨름을 한다
이리 밀고 저리 메치며 흙바닥에 땀을 떨군다

옷고름을 말아 쥔 처녀들의 손끝이 살짝 부끄럽다

오늘, 모니터 앞 검은 전장
한 손은 마우스를 움켜쥐고 눈동자는 픽셀을 겨눈다
로그인 전쟁은 이미 시작되었다
지구 곳곳에서 리그가 열리고 서버의 깃발 앞세워
클릭마다 근육이 움찔한다

누군가는 땀에 젖은 흙바닥에서 쓰러지며 자랐지만
누군가는 광섬유 줄 위를 달려 이기는 법만 배운다

대나무 살 곧게 쉰 개 부채로 하면 백첩선白貼扇
금강산 일만 이천 봉우리 그리고 나면
버들가지 하늘한 연못이 남고
금붕어 한 마리가 꼬리를 젖는다

오늘, 백첩선은 삼차원 프린터로 접고
투명한 화면 위로 디지털 부채 하나 펼쳐
브이알 안경 너머로 부는 바람 같은 여름의 환상

엔진 소리 같은 냉방 속에
나는 조용히 소원을 건다

수릿날
너는 여전히 따뜻한데
옛 물줄기처럼 다시 흘러갈 수는 있을까

몸과 마음이 함께 목욕하고
몸과 마음이 함께 뒹굴던
그 시절
그 계절로

희망

햇빛은 아직 다 닿지 않았지만
그늘 밑에도 무언가는 자라고 있었다

바람은 이름도 묻지 않고
이파리를 한 번 쓰다듬고 갔다

마음의 가장자리
가끔은 물방울 하나로도 깊게 젖는 곳

숨을 들이쉬는 것만으로도
작은 시작이 되는 오후

달그락거리는 컵 속 얼음처럼
말없이 움직이는 감정
그 투명한 소란

손끝에도 닿지 않는 것이
가슴 아래서 먼저 움트는 일

창 없는 방

방은 조용합니다
아니, 정확히 말하면
모든 소음은 필터링 되어 있습니다

창은 없습니다
그 대신 거대한 스크린이
오늘의 하늘을 보여줍니다
구름은 이상하리만치
정갈하게 흘러갑니다

식물은 시들지 않고
동물은 아프지 않고
모든 것이
아름다우리만치 효율적입니다

그런데도
문득,

누군가의 재채기

어디선가 나는 연기의 냄새
혹은
예고 없이 오는 바람

그립습니다

편안함 속에서
나는
조용히 불편합니다

이 방은 너무 완벽하고
나는 너무 조용합니다

햇볕은 뜨거운데 그늘은 춥다

같은 하늘 아래
햇볕은 따가울 만큼 쏟아지고
그늘은 옷깃을 여미게 한다

누군가는 눈부신 빛에 취해
자신의 그림자를 밟으며 웃고
누군가는 그늘 끝에서
빛의 가격표를 계산한다

광장은 환호로 넘치지만
목소리의 주인은 드물다
찬란함 뒤편에서
누군가는 눈을 가리고
누군가는 손을 내민다

햇살은 공평히 내리쬔다고 말하지만
그늘의 길이는 누가 설계했을까

바람이 스칠 때마다

빛과 어둠이 서로의 자리를 바꾼다

오늘도
같은 햇살 아래
누군가는 타오르고
누군가는 식어간다

어처구니의 초상肖像

바람이 문을 두드려 열었더니, 문이 없다

나는 그 자리에 서서
문 없는 세상에 인사한다

고양이가 뉴스 앵커의 발음을 흉내 내고
사람들이 정원에 플라스틱 꽃을 심는다
누군가 웃었고 누군가는 울었지만
입모양은 똑같다

아, 어처구니야
너는 대체 어디에 있느냐

깎이다 남은 돌기둥의 그림자처럼 햇빛 아래
네 이름을 부른다

들려온 건 누군가의 박수 소리
아무도 없는데 터지는 허공의 리듬

광장은 반듯하다
구호가 틀에 맞춰 인쇄되고
박수는 시간표에 따라 울린다
심판은 눈을 감았고
관중은 눈을 떴다

서로의 눈을 보지 않는다

법전은 두꺼워졌지만 그 안에 늘어나는 건
종이의 무게뿐
하늘에서는 드론이 깃발을 흔들고
바람은 검열당한 채 분다
새는 날개를 접은 뒤에야 비로소 자유롭다

아, 어처구니여
너마저 출국했구나

남은 자들은 오늘도 기념 촬영을 한다

하루가 저문다
나는 나를 향해 고개를 끄덕인다
아무 말도 하지 않았는데
대답이 돌아온다

거울 속의 나는 점점 더 내 편이 아니고
빛은 나를 비추지 않아도 나는 스스로 눈부시다

기억들은 반쯤 탁해진 잔처럼
어디까지가 술이고
어디부터가 눈물인지 모른다

아, 어처구니여
너는 언제부터
내 안쪽 벽에 붙은 낙서가 되었느냐

나는 웃는다
누군가 울었을 때처럼

그게 어쩐지
가장 인간다운 표정 같아서

탐욕과 위선_돼지

그들은 흙을 사랑했다

흙은 여러 곡식을 주었고

곡식은 계절의 변화도 알려 주었다

욕심은 주둥이보다 작았고

배부름 가운데 감사할 줄도 알았다

그러다가 울타리가 쳐지고

커다란 무게의 저울과 함께

조명과 사료, 그리고 번호표가 주어졌다

배를 채움과 살찌움은

자유로운 성장이요 발전이었다

일부가 울타리 한쪽을 차지하더니

모두 같은 밥그릇을 가져야 한다고 외치다가

제 그릇을 금빛으로 칠했다

누구는 부유해지고

누구는 정의롭다지만
모두는 새로운 언어를 배웠다

사료통 앞에 줄을 서서 이쪽이 더 좋다 이쪽이 덜 나쁘다
산업, 효율, 미래 그리고 자율과 희생이라는
도살의 언어를

달빛이 비치는 어느 비오는 밤
누구는 배가 불러서
누구는 목소리가 커져서
흙을 더 이상 사랑하지 않게 되었다

슬픔인지
경고인지
알 수 없는 말을 하면서

살구꽃과 구기터널

최지안(시인·수필가)

정영한 시인의 『고요가 나를 지나간다』를 읽으며 시란 무엇인가를 생각했다. 시인은 시를 왜 쓰는가. 일제의 식민 치하에서 시는 우리의 민족성을 지키는 '얼'이었고 군부 정권 시대에는 독재에 맞서던 시대정신이었다. 그럼 지금의 우리에게 시는 무엇인가. AI 시대에 이미지와 영상이 우리의 일상을 대변하는 시대에 아직도 시는 유용할까. 그리고 일 년에 책 한 권 읽지 않는 사람들도 많은데 유행 지난 옷 같은 시를 껴입고 전전긍긍하는 시인들이 계속 생겨난다. 시인들은 왜 점점 많아지는 것일까? 왜 시간을 쪼개며 시를 쓰고 있을까.

그것은 아마도 시가 우리의 일상에 의미를 부여하기 때문이 아닐까. 이전의 시대가 민족이라든가 독립, 혹은 민주주의 같은 거대 담론의 시기였다면 지금은 개인의 일상을 소중히 여기며 그것을 중심으로 자유로운 사고를 하는 쪽으로 시대 흐름이 바뀌었다.

마르틴 하이데거는 『존재와 시간』에서 인간의 일상성을 다양한 층위에서 설명했는데 현존재의 본질은 실존에 놓여 있다고 했다. 즉, 일상은 매일 머물고 있는 실존의 양식을 의미한다. 하이데거가

209

일상성에 주목한 이후 일상성은 문예사조, 모더니즘과 포스트모더
니즘 작품 속에서 분석되고 묘사되고 있다.

현세대는 신념이라든가 이념보다 개인의 삶과 사유를 언어로 바
꾸는 작업이 더 의미 있으며 그것을 공유하는 일이 중요하다고 여
긴다. 일상은 순간과 순간이 이어지며 사건과 사고가 끊이지 않지
만 그것은 시간에 의해 지나가 버린다. 어느 누구도 그 일상을 잡
을 수 없다.

그러나 언어는 그 순간을 포착하여 기록할 수 있는 도구이다. 시
는 언어라는 도구로 개인의 사유나 통찰에 형체를 입히는 작업이
다. 시인은 일상에 의미를 부여하는 사람이다. 시인은 아무렇지도
않은 일상이나 지나치는 사물에 의미를 부여하고 그것을 詩라는
언어 속에 가둔다. 즉 시인은 자신의 사유를 시를 통해 독자에게
공유하고 독자는 시인의 사유를 간접적으로 체험하고 의미화한다.

아흔아홉 번의 계절

그 사이 아흔아홉 번의 작별

한 번도 울지 않았지만

한 번도 잊은 적 없다

노을이 골짜기 끝까지 번지면 마음은 언제나

그 자리에 멈춘다 덜 자란 사과처럼

어설픈 그리움이 햇살에 따뜻하게 물든다

사람이란

잃은 것만 또렷하게 기억하며

남아 있는 것의 이름은 늘 늦게 부른다

그래서 오늘도 이 시를 접어 강물에 띄운다

흘러가든, 돌아오든

그건 바람의 일

아흔아홉 번째 시는

그저 마지막에서 한 걸음 물러나

한참을 바라보는 마음으로

조용히 피었다가, 사라질 것이다

-「아흔아홉 번째 시」 부분

　　정영한 시인은 일상을 감각적으로 포착하는 시인이다. 남들은 그냥 지나치는 자연스러운 일에 의미를 부여한다. 일상의 순간은 과거로 밀리지만 그런 일상에 의미를 부여함으로써 그 순간이 사라지지 않고 빛나게 되는 것이다. 깊은 우물에 작은 돌 하나 떨어뜨리듯 고요를 깨뜨리는 것이다. 노란 수선화 꽃잎이 소리 없이 지는 순간, 풀꽃이 지는 순간에서 시인은 영원을 생각한다. 일상에서 한 번도 잊은 적 없다는 말은 언제나 그 자리에 멈추어 있고 그것은 마지막에서 한 걸음 물러나 한참을 바라보는 마음이다. 강물이 조

211

용히 흐르는 것, 그리고 나무의 그늘도 그냥 지나치지 않는다. 그 모든 것이 시인에게는 시어가 된다. 거대한 담론도 아니고 심각한 문제도 아니다. 시인의 시선이 머문 곳에 시인의 사유가, 시인의 언어가 피어난다.

> 비자의 안에는
>
> 시간이 소라 모양으로 돌고
>
> 잎맥 속을 기어온 수많은 상념들이
>
> 이끼 끓는 소리로
>
> 최초의 형상形象이 된다
>
> — 「비자榧子나무」 부분

「비자榧子나무」에서도 시인은 움직이지 않는 사물에 깃든 의미를 자신의 언어로 해석한다. 오래된 비자나무 안에 깃든 시간을 보며 잎맥에 숨은 이끼를 보며 나무의 상념을 읽어낸다. 나무를 바라보면서 자신 안에 오랜 시간 들끓던 상념을 나무에 번진 이끼로 전이시켜 형상화하였다.

형상화는 시를 입체적으로 느끼고 만질 수 있게 만든다. 형상화는 관념화된 것을 손으로 만질 수 있게 하고 추상적인 것을 볼 수 있게 만든다. 이 과정이 형상화다. 정영한 시인은 비자나무를 통해 자신 내부의 상념을 만질 수 있게 하고 볼 수 있게 했다. 오래되고 큰 비자나무 앞에서 자신의 상념과 마주한 시인을 상상해 보게 만든다.

이름 모를 아픔들이 잠든 밤마다

등을 타고 올라와도

울음 대신 종이 한 귀퉁이를 접었다

어떤 날의 말들은 칼날처럼 매웠다

귀를 스치며 지나가 심장 밑동에 박혀도

외면하지 않았다

피가 아닌 단어를 천천히 꺼내기 위해

무엇이 그의 손끝을

그토록 조심스럽게 만들었는지

어떤 단어들이

그토록 긴 침묵을 견디고

그 안에서 피어났는지

꽃이 시들지 않으려면 먼저

뿌리부터 어둠을 견뎌야 한다

－「시詩를 위하여」 부분

   그러나 시를 쓰는 일은 녹록치 않은 일이다. 「시詩를 위하여」 전문을 보면 시를 쓰는 일은 고통을 견디는 일이라는 것을 알 수 있다. 이름 모를 아픔들이 밤마다 등을 타고 올라온다고 했다. 그러나 화자는 그런 괴로움에 우는 것보다는 종이 한 귀퉁이를 접는 것을 선택한다. 종이 한 귀퉁이를 접는다는 것은 그 괴로움을 시로 남겨 놓는 것일 것이다. 기꺼이 시를 위하여 그런 고통쯤은 감수하겠다는 의지다.

시를 쓰는 일은 뿌리로부터 어둠을 견뎌야 하는 일이라고 화자는 말한다. 시는 고통스럽고 어두운 것을 견딘 자리에서 피어나는 것이며 이렇게 태어난 문장은 비로소 단단한 문장으로 우뚝 서게 되리라고 말하고 있다. 시인에게 있어 시를 쓰는 일은 고통을 견디는 수행이라는 것을 보여준다고 한다고 하겠다.

시인이라는 직업은 쉬워 보이지만 힘든 직업이다. 시 한 편을 완성하려면 짧게는 한 달에서 몇 년이 걸린다. 그러나 시인이 만든 시가 모두 시집으로 인쇄되어 나오는 것은 아니다. 시인들은 습작 시기의 시들을 버리고서야 시인의 명부에 이름을 올린다. 마치 가재가 성장하면서 몇 번의 탈피 과정을 겪는 것과 같다. 이 탈피 과정이 가재에겐 가장 위험한 때다. 새로운 표피가 단단해지기 전에 적에게 노출되면 잡아먹히기 쉽다. 또한 껍질을 벗다가 탈진하여 죽는 경우도 있다. 결국 가재는 그동안 자신의 몸을 감쌌던 껍질을 벗어서 내버리지 못하면 죽고 만다.

시인도 마찬가지다. 시인은 처음의 껍질을 벗어내야 한다. 내가 아는 어떤 시인은 1,000여 편의 시를 버렸다. 그중에 아깝지 않은 시가 어디 있을까. 눈 비비는 밤이 수십, 수백이었으리라. 그러나 시인은 그런 제 살 깎기를 하며, 제 살을 파먹으며 시인이 된다. 우리는 시집 한 권을 일, 이만 원 되는 돈으로 쉽게 살 수 있지만 그 한 권에는 시인의 몇 년이 축적되어 있다. 시집을 구입하는 것은 시인의 시간을 사는 것이다.

그 해, 구기동에는 살구꽃이 피었다

불광동에서 버스를 타고
시내 쪽으로 서너 정거장을 나와
세검정 종점으로 가는 버스로
한참을 들어간 그 곳에

그 해, 살구꽃이 피었다

어느 날
터널이 뚫려
은평구와 종로구가 이웃이 된 그 해
불광동과 구기동이 연인이 된 그 해

어둠과 먼지와 울림에도
터널 가장자리 넓지 않은 죽담 쪽길에서
축축이 젖은 손을 쥐고

하얀 꽃잎에 노란 꽃대롱

꽃을 보려고

처음으로

그들은 함께했다

터널이 뚫리던 그 해

은평구는 종로구와 이웃이 되었고

불광동과 구기동은 연인이 되었고

그리고 그는,

햇살같이 어여쁜 그녀와

함께가 되었다

─「구기터널」 전문

시인은 절실한 무언가 때문에 시를 쓴다. 정영한 시인도 시를 쓰지 않고는 견딜 수 없었던 것 같다. 간절함은 시를 쓰게 만드는 중요한 요소 중 하나다. 손 비비며 발 구르며 가슴 졸인 간절함을 문장으로 치환한다. 그의 시 중 연시가 많은 편인데 유독「구기터널」이 눈에 들어온다.

화자는 그 해, 구기동에 살구꽃이 피었다는 것으로 시의 처음을 열어젖힌다. 12월에 개통했으니 아마도 그해가 아니라 이듬해 봄이 되겠다. 첫 행부터 시각적인 이미지를 펼쳐 살구꽃이 핀 마을을

216

상상하게 만든다. 화자는 불광동에서 버스를 타고 시내 쪽으로 서너 정거장을 나와서 세검정 종점을 가는 버스를 다시 타고 한참을 들어가서야 그녀를 만났을지도 모른다. 그녀를 만나는 과정에는 터널과 같은 어둡고 먼지 낀 시간도 있었을 것이다. 그러나 화자는 하얀 꽃잎, 노란 꽃대롱의 살구꽃을 기어이 그녀와 보게 된다. 구기동과 불광동의 연결하는 터널이 화자와 그녀와의 결합이라는 화자의 논리가 재미있고 설득력 또한 어색하지 않다.

이 시는 대상과 심상의 연결을 매우 능숙하게 처리하는 힘을 가졌다. 시적 사유를 형상화할 때 중요한 것이 은유와 상징이다. 상징(symbol)이란 다른 어떤 것을 표상하는 그 무엇으로 정의된다. 표면에 드러난 보조관념을 통해 은폐된 원관념을 유추하는 행위다. 예를 들면 대나무는 절개를 상징한다.

알다시피 은유(metaphor)는 어떤 대상을 다른 사물로 대치해서 이야기하는 언술이다. 원관념과 보조관념 사이 의미의 전이다. 이것을 적절하게 사용해야 메시지 전달력이 크다. 예를 들면 '내 영혼 안의 고흔 불'처럼 사랑과 불이 등가성을 이룬다. 시가 은유나 상징을 대체하는 심상과 매치 될 때 의미가 확장되고 시인이 가진 목소리의 성향을 알 수 있다.

그런 의미에서 볼 때 시 「구기터널」은 불광동과 구기동 간의 터널이라는 구체적 대상물을 통해 그녀와 연인관계로 이루어지는 것을 상징적으로 보여준다.

구기터널은 1980년 12월에 개통한 터널이다. 종로구의 구기동과 은평구의 구기동을 잇는 610미터 터널이다. 이 터널이 생기기 전 불광동과 구기동을 오가려면 돌아가야 하는 등 몹시 불편했을 것이다. 그런데 터널 하나가 생기면서 두 동네가 가까워지게 된 것이다. 이것을 화자는 구기동과 불광동이 연인이 되었다고 말하고 있다. 시인의 눈이 일반인과 다르다는 것을 여실히 보여주는 대목이다. 이 시는 구기동과 불광동의 큰 그림을 떠오르게 만든다. 그곳에 사는 사람들의 모습과 골목이며 상점이며 차도며 자동차들이 보인다. 문장 하나를 던져 놓고 나머지는 독자가 상상하게끔 만드는 시가 좋은 시임은 말할 나위가 없다. 터널이 생겨 두 동네가 연인이 되었다고 생각하는 시인의 발상이 신선하다.

물론 구기터널이 일반인들에게는 연인이 되는 것으로 상징될 수 없다. 그러나 화자에게 구기터널은 연인 사이가 되는 상징물이다. 터널이 갖고 있는 연결이라는 속성을 연인과의 연결로 치환하는 솜씨가 어색하지 않고 자연스럽다.

생명이 있는 살구나무와 무생물인 차가운 콘크리트 터널을 배치한 작가의 의도도 매우 훌륭한 결과를 도출해내고 있다. 성격이 다른 두 사물 간의 대조를 통해 결합이라는 화자의 메시지를 강조하고 있는 것이다.

살구꽃이 핀 마을과 터널과 그녀의 손을 잡은 화자의 모습이 살구꽃과 터널을 배경으로 그린 그림을 보는 듯하다. 화자는 구기터널을 지날 때마다 연인을 떠올렸을 것이다. 잔잔한 웃음이 나오는 작품이다. 다만 그해에 결혼한 것으로 봐서 화자의 나이를 짐작할

수 있는데 아직도 그 살구꽃 연인과 오래도록 살고 있으리라고 상
상해 본다.

해파리를 닮은 무언가를 삼켰습니다

그것은 부드럽고 가볍고

달콤한 죽음처럼 조용했습니다

냄새도 없고, 숨도 없었지만

내 몸의 장기를 랩처럼 싸 버렸습니다

배 속은 비어가는데

가득 찬 건 투명한 슬픔뿐입니다

무지와 착각이라는 죄를 짓고

천형天刑을 언도 받고 죽었습니다

이름 모르는 플라스틱 조각들

아이의 손에 들린 빨대

공원에 남겨진 컵 뚜껑과

버려진 약속들

그리고 인간들의 횡포에 가까운 무관심

파도처럼 쌓여가는 잊혀진 편리함까지

죽은 나는

해변 모래 위에 누워 있어요

작은 발자국들이 내 주검 곁을 지나갑니다

부디, 거북이의 죽은 까닭을 물어 주세요

파도가 치면 내 등껍질 사이로

어머니의 눈물이 흘러나와요

다시 태어나도 거북이고 싶어요

다만

그땐 제발

해파리와 플라스틱을

구분할 수 있는 세상에서

지혜롭게 살고 싶어요

-「바다거북과 비닐봉지」 부분

　조지 오웰은 『나는 왜 쓰는가』라는 책에서 글을 쓰는 동기 네 가지를 들었다. 첫째는 이기심이고 둘째는 미학적 열정이며 셋째는 역사적 충동으로 사물을 있는 그대로 보존하려는 욕구다. 넷째는 정치적 목적이다. 그것은 세상을 어느 특정한 방향으로 밀고 가려는 의지, 사람들의 생각을 바꾸려는 욕구다. 이 중 네 번째가 조지 오웰의 작품 대부분을 관통하는 동기다. 그의 『1984』, 『동물농장』,

『코끼리 죽이기』 등과 같은 작품 전반에 정치적, 혹은 사회적, 이념적 의지가 들어 있기 때문이다.

시인은 시대의 증인이며 문학은 시대를 말해주는 바로미터다. 정영한 시인은 바다거북의 죽음을 통해 환경 파괴를 고발한다. 「바다거북과 비닐봉지」는 현대 문명의 이기가 낳은 환경 파괴의 결과가 어떤 모습인지 보여준다. 인간의 편리한 생활 뒷골목에서 신음하고 죽어가는 동식물을 보여준다. 지구는 인간이 주인이 아니라는 것을, 무분별한 생산과 과잉과 인간 위주의 개발이 불러오는 지구 전체의 위기를 알리는 환경시다.

비닐봉지를 삼킨 바다거북은 해변 모래밭에서 서서히 죽는다. 조용한 달빛 아래 등도 씻어주고 따개비를 따주는 엄마 같은 바다에서 살던 거북은 해파리를 닮은 비닐봉지를 삼키고야 만다. 그 비닐은 결국 거북의 생명을 빼앗게 된다. 인간의 이기와 무관심은 장수 동물인 바다거북이 투명한 슬픔 속에 죽어가게 만든다. 등껍질 사이로 바다의 눈물이 흘러나오고 해파리와 비닐봉지를 구별할 수 있는 세상에서 태어나기를 기원하는 바다거북의 독백이다.

시인이 시를 쓰는 목적 중 하나는 사람들의 생각을 바꾸고 어느 방향으로 밀고 가려는 의지가 있기 때문이다. 정영한 시인은 바다거북을 통해 환경 파괴에 대한 사람들의 몰지식과 무관심을 고발하고 환경에 대한 적극적 참여를 유도하는 목적을 이 시에 담았다. 그의 선한 의지가 돋보이는 작품이다. 정영한 시집 중 이 시 하나만 읽어도 이 시집이 지닌 가치를 충분히 가져가는 셈이라고 말하고 싶다.

　또한 이 시는 애니머티즘적인 세계관도 보인다. 애니머티즘은 모든 사물과 현상에까지 생명이 있다고 믿는 관념이다. 애니미즘도 이와 비슷한 세계관이다. 원시 종교로 민간 신앙에 뿌리를 두고 있다. 우리 조상들은 집의 방마다 신이 있다고 믿었다. 마을의 장승도 잡귀를 물리쳐 준다고 믿었다. 그런가 하면 각 사물에도 영혼이 깃들었다고 생각했다. 시도 어쩌면 이런 애니미즘적 사고를 하는 종교의 한 종류일지도 모른다는 생각을 한다. 왜냐하면 생물이나 무생물에 생명을 불어넣는 것이 시인이기 때문이다.

　이러한 사고는 따뜻한 마음을 가진 자만이 할 수 있다. 소외되고 버려진 것들에게 느끼는 연민, 생명이 있는 것을 넘어서 무생물에까지 뻗치는 따뜻한 시선이 시인의 마음이다. 화자는 거북의 몸으로 들어가 이기적인 인간의 심장을 향해 애절하게 호소한다. 「바다거북과 비닐봉지」는 인간의 편의로 양산되는 플라스틱과 비닐이 생태계를 위협하고 결국은 우리에게 되돌아온다는 경고를 거북의 언어로 들려주는 수작秀作이다.

　　　　앞뜰, 아직 피지 않은 수국 옆
　　　　몇 안 남은 지친 동백 꽃

　　　　태양이 내리붓는 날
　　　　빨간 동백은 자취도 없고

파란 수국은 빼곡 피어날 터

나는, 겨울의 끝자락에서

그대는, 여름의 첫머리에서

하얀 눈에 젖은 붉은 마음과

큰 비에 젖은 푸른 마음으로

서로의 계절을 기다린다

한 번만, 우리

한 계절에 필 수 있다면

나는 눈을 견디지 않고

당신은 비를 미루면서

그 사이 어딘가에서

뜨거운 입맞춤할까

비껴간 계절의 엇갈림 속에

나는 그대의 봄을 꿈꾸고,

그대는 나의 가을을 그린다

심장이 터지고 팔다리가 잘리워도

그 그리움이 염원念願되어 하나 될 수 있다면

성긴 돌담 사이로는

노오란 귤밭이 보인다

–「동백冬柏과 수국水菊」전문

시인이 가장 좋아하는 꽃이 동백과 수국이라고 한다. 그런데「동백冬柏과 수국水菊」첫 행이 좀 의아하다. 왜 지친 동백꽃일까.

동백은 겨울에서 초봄에 핀다. 우리나라의 남쪽 지방에 자생하는 나무로 전지를 잘하면 아름다운 수형을 유지하며 꽃을 피운다. 동백은 3월이나 4월까지도 피는데 뭉텅뭉텅 송이째 떨어져 나무 주변엔 붉은 꽃들이 쌓여 보는 것조차 가슴이 시리게 만든다. 동백은 아름답다고 말하기는 영 부족하다. 자태는 단아하고 순수하다. 붉은 꽃잎은 강렬하고 노란 수술은 단단한 심지가 느껴진다. 그러나 화무십일홍이라고 최후통첩을 받았는지 보기에도 아까운 꽃은 댕강댕강 모가지가 꺾인다. 시들지도 않았는데 붉은 마음 그대로 툭. 바닥으로 떨어졌다. 미련도 없이 무참하게 말이다.

동백이 겨울 꽃이라면 수국은 여름 꽃이다. 토양의 성분에 따라 꽃잎의 색이 달라지는 관목이다. 그늘지고 습한 것을 좋아한다. 이름마저 수국이다. 가지에서 잘라내고도 물 없이 몇 시간 버티는 여느 꽃들과 수국은 얼마 버티지 못한다. 그래서 판매하는 수국은 줄기 끝에 물주머니나 물관을 씌워준다. 물을 좋아하는 꽃, 물 없이는 한 시간도 못 버티는 수국은 여름에 피는 곳이라 겨울에 피는 동백을 만날 수 없는 꽃이다.

그래서 동백은 겨울의 끝자락에서, 수국은 여름의 첫머리에서 다

224

른 계절에서 서로를 그리워한다. 같은 계절에 피기를 염원하지만 계절은 숨바꼭질하듯 기다림에 지치게 한다. 서로 다른 세상, 서로 다른 삶을 살기에 이루어질 수 없는 사랑이다.

정영한 시인은 자신의 시 중에서 이 시를 가장 좋아한다고 한다. 자신이 좋아하는 꽃도 수국과 동백이라고 한다. 공교롭게도 이 두 꽃은 따뜻한 남쪽 지방에서 볼 수 있는 꽃이다. 물론 수국은 어디든 볼 수 있기는 하지만 여름이 되어서야 피는 꽃이므로 따뜻한 환경이 필수다. 그에 비해 동백은 차가운 기온에서 핀다. 온도가 다른 두 꽃. 그 둘의 이룰 수 없는 사랑이 안타깝다.

시인은 지난봄에 제주에서 한 달을 지냈다고 한다. 얼마나 수국과 동백을 좋아하면 그 꽃들이 피는 제주에서 살 생각을 했을까.

회계사가 직업인 시인은 뒤늦게 시를 시작했다. 첫 시집『고요가 나를 지나간다』상재를 축하하며 시를 깊이 공부하고 싶다는 시인의 앞날을 응원한다.